温柔的夜

三毛 著

南海出版公司

青马(天津)文化有限公司
出 品

目录

1   开场白

4   拾荒梦

13 黄昏的故事　　　饺子大王　　　　　　　　33

21 巫人记　　　　　赤足天使——鞋子的故事　46

　　　　　　　　　亲不亲，故乡人　　　　　54

　　　　　　　　　浪迹天涯话买卖　　　　　69

76	故乡人
82	五月花
150	玛黛拉游记
166	温柔的夜
181	永远的马利亚
199	石头记
213	相逢何必曾相识
231	附录　我进入另一个新天地

开场白

永远的夏娃

《永远的夏娃》是很久以来就放在心里的一个标题,两年来,它像一块飘浮不定的云,千变万化,总也不能捉住它,给它定下清晰的形状来。

起初想出这个名字,倒是为了一个西籍女友,因为她的种种遭遇,使我总想到其他许许多多在我生命中经历过的女友们,她们的故事,每一篇都是夏娃的传奇。当时,很想在这个标题下,将她们一个一个写出来。后来,我又不想写这些人了。可是专栏得开了,夏娃这个名字我还是很爱,因为它不代表什么,也不暗示什么,专栏既然要一个名字,我就用了下来,它本身实在是没有意义的。

俄国作家杜斯妥也夫斯基说过一句使我十分心惊的话,他说:"除非太卑鄙得偏爱自己的人,才能无耻地写自己的事情。"

我有一阵常常想到这句话,使得写作几乎停顿,因为没有写第三者的技巧和心境;他人的事,没有把握也没有热情去写;自己的事,又心虚得不敢再写,我不喜欢被人看视成无耻的人,可是老写自己生活上的事,真是觉得有些无耻。

后来我们搬家了,新家门口每天早晨都会有一匹白马驮着两个大藤篮跟着它的主人走过,沿途叫卖着:"苹——果——啊!"

每听见马蹄哒哒地来了,还不等那个做主人的叫嚷,我就冲出去靠在栏杆上看,直看到他们走远。

这匹马天天来,我总也不厌地看它,每当荷西下班回来了,我照例按压不住内心的欢喜向他喊着:"今天马又来了!"

马总是来的,而我的喜悦,却像当初第一次见它时一样的新鲜。

有一天,再也忍不住了,跟荷西说:"我要把这匹马写出来。"

他说:"有什么好写的,每天来,每天去的。"

是很平常的事情,可是我要把它写下来,说我天天看见一匹马经过,不知为什么有说不出的欢喜和感动。

后来,我又想到许多我生命中经历的事,忍不住想写,不写都不行,当时,总会想到杜斯妥也夫斯基那句话——老写自己的事是无耻的——每想这句话,心中便气馁得很,呆呆地坐下来看电视,什么也不写了。可是那匹马啊,一直在心底压着,总得把它写出来才好。

又有一阵,一个朋友写信给我,他说:"你总不能就此不写了,到底你做的是文以载道的工作!"

我被这句话吓得很厉害,从来没有想到载什么东西的问题,这更不能写了,不喜欢那么严重。

以后有一段长时间就不写什么了。

今天荷西下班来对我说,工地上有个工人朋友家住在山里面,如果我们跟他回去,可以去看看这人养的猪羊,还有他种的菜。我们去了,挖了一大筐蔬菜回来,我的心,因为这一个下午乡间的快乐，又恨不得将它写了下来。久已不肯动笔的人，还是有这种想望。

回来后我一直在写作的事情上思想，想了又想，结果想明白了，我的写作，原本是一种游戏，我无拘无束地坐下来，自由自在地把想写的东西涂在纸上。在我，是这么自然而又好玩的事情，所以强迫自己不写，才会是一种难学的忍耐，才会觉得怅然若失，我又何苦在这么有趣的事情上节制自己呢！

像现在，我在上面把那匹马写了出来，内心觉得无比的舒畅，这真是很大的欢喜。我做这件事，实在没有目的，说得诚实些，我只是在玩耍罢了，投身在文章里，竟是如此快乐，连悲哀的事，写到情极处，都是快乐的感觉，这一点，连自己也无由解释的，总是这样下去了吧，我毕竟是一个没有什么大道理的人啊！

《永远的夏娃》将会是我一些美丽的生命的记忆，在别人看来，它们可能没有价值，在我，我不如不去想它价值不价值的问题，自由得像空气一般地去写我真挚的心灵。其实，它不写也没有什么不可以，写了对事情还是一样的，可是既然我想写了，我就不再多想，欢天喜地地将它们写出来吧！

拾荒梦

永远的夏娃之一

在我的小学时代里,我个人最拿手的功课就是作文和美术。当时,我们全科老师是一个教学十分认真而又严厉的女人。她很少给我们下课,自己也不回办公室去,连中午吃饭的时间,她都舍不得离开我们,我们一面静悄悄地吃便当,一面还得洗耳恭听老师习惯性的骂人。

我是常常被指名出来骂的一个。一星期里也只有两堂作文课是我太平的时间。也许老师对我的作文实在是有些欣赏,她常常忘了自己叫骂我时的种种可厌的名称,一上作文课,就会说:"三毛,快快写,写完了站起来朗诵。"

有一天老师出了一个每学期都会出的作文题目,叫我们好好发挥,并且说:"应该尽量写得有理想才好。"

等到大家都写完了,下课时间还有多,老师坐在教室右边的桌上低头改考卷,顺口就说:"三毛,站起来将你的作文念出来。"

小小的我捧了簿子大声朗读起来。

我的志愿——

我有一天长大了，希望做一个拾破烂的人，因为这种职业，不但可以呼吸新鲜的空气，同时又可以大街小巷地游走玩耍，一面工作一面游戏，自由快乐得如同天上的飞鸟。更重要的是，人们常常不知不觉地将许多还可以利用的好东西当做垃圾丢掉，拾破烂的人最愉快的时刻就是将这些蒙尘的好东西再度发掘出来，这……

念到这儿，老师顺手丢过来一只黑板擦，打到了坐在我旁边的同学，我一吓，也放下本子不再念了，呆呆地等着受罚。

"什么文章嘛！你……"老师大吼一声。她喜怒无常的性情我早已习惯了，可是在作文课上对我这样发脾气还是不太常有的。

"乱写！乱写！什么拾破烂的！将来要拾破烂，现在书也不必念了，滚出去好了，对不对得起父母……"老师又大拍桌子惊天动地地喊。

"重写！别的同学可以下课。"她瞪了我一眼便出去了。

于是，我又写：

我有一天长大了，希望做一个夏天卖冰棒，冬天卖烤红薯的街头小贩，因为这种职业不但可以呼吸新鲜空气，又可以大街小巷地游走玩耍，更重要的是，一面做生意，一面可以顺便看看，沿街的垃圾箱里，有没有被人丢弃的好东西，这……

第二次作文缴上去，老师画了个大红叉，当然又丢下来叫重写。结果我只好胡乱写着："我长大要做医生，拯救天下万民……"

老师看了十分感动,批了个甲,并且说:"这才是一个有理想、不辜负父母期望的志愿。"

我那可爱的老师并不知道,当年她那一只打偏了的黑板擦和两次重写的处罚,并没有改掉我内心坚强的信念,这许多年来,我虽然没有真正以拾荒为职业,可是我是拾着垃圾长大的,越拾越专门,这个习惯已经根深蒂固,什么处罚也改不了我。当初胡说的什么拯救天下万民的志愿是还给老师保存了。

说起来,在我们那个时代的儿童,可以说是没有现成玩具的一群小孩。树叶一折当哨子,破毛笔管化点肥皂满天吹泡泡,五个小石子下棋,粉笔地上一画跳房子,粗竹筒开个细缝成了扑满,手指头上画小人脸,手帕一围就开唱布袋戏,筷子用橡皮筋绑绑紧可以当手枪……那么多迷疯了小孩子的花样都是不花钱的,说得更清楚些,都是走路放学时顺手捡来的。

我制造的第一个玩具自然也是地上拾来的。那是一枝弧形的树枝,像滚铁环一样一面跑一面跟着前面逃的人追,树枝点到了谁谁就死,这个玩具明明不过是一枝树枝,可是我偏喜欢叫它"点人机",那时我三岁,就奠定了日后拾荒的基础。

拾荒人的眼力绝对不是一天就培养得出来的,也不是如老师所说,拾荒就不必念书,干脆就可以滚出学校的。

我自小走路喜欢东张西望,尤其做小学生时,放学了,书包先请走得快的同学送回家交给母亲,我便一人田间小径上慢吞吞地游荡,这一路上,总有说不出的宝藏可以拾它起来玩。

有时是一颗弹珠,有时是一个大别针,有时是一颗狗牙齿,也可能是一个极美丽的空香水瓶,又可能是一只小皮球,运气再好的时候，还可以捡到一角钱。

放学的那条路，是最好的拾荒路，走起来也顶好不要成群结队，一个人玩玩跳跳捡捡，成绩总比一大批人在一起好得多。

捡东西的习惯一旦慢慢养成，根本不必看着地下走路，眼角闲闲一飘，就知哪些是可取的，哪些是不必理睬的，这些学问，我在童年时已经深得其中三昧了。

做少女的时代，我曾经发狂地爱上一切木头的东西，那时候，因为看了一些好书，眼光也有了长进，虽然书不是木头做的，可是我的心灵因为啃了这些书，产生了化学作用，所谓"格调"这个东西，也慢慢地能够分辨体会了。

十三岁的时候，看见别人家锯树，锯下来的大树干丢在路边，我细看那枝大枯枝，越看越投缘，顾不得街上的人怎么想我，掮着它走了不知多少路回到家，宝贝也似的当艺术品放在自己的房间里，一心一意地爱着它。

后来，发现家中阿巴桑坐在院子里的一块好木头上洗衣服，我将这块形状美丽的东西拾起来悄悄打量了一下，这真是宝物蒙尘，它完全像复活岛上那些竖立着的人脸石像，只是它更木头木脑一点。我将这块木头也换了过来，搬了一块空心砖给阿巴桑坐着，她因为我抢去她的椅子还大大地生了一场气。

在我离家远走之前，我父母的家可以说堆满了一切又一切我在外面拾回来的好东西。当时我的父母一再保证，就是搬家，也不会丢掉我视为第二生命的破铜烂铁。

有些有眼光的朋友看了我当时的画室，赞不绝口，也有一些亲戚们来看了，直截了当地说："哎呀，你的房间是假的嘛！"这一句话总使我有些泄气,对于某些人,东西不照一般人的规矩用,就被称做假的。

我虽然是抗战末期出生的"战争儿童",可是在我父母的爱护下,一向温饱过甚,从来不知物质的缺乏是什么滋味。

家中四个孩子,只有我这个老二,怪异得有拾废物的毛病,父亲常常开导我,要消费,要消耗,社会经济才能繁荣,不要一块碎布也像外婆似的藏个几十年。这些道理我从小听到大,可是,一见了尚可利用的东西,又忍不住去捡,捡回来洗洗刷刷,看它们在我的手底下复活,那真是太快乐的游戏。

离开了父母之后,我住的一直是外国的学生宿舍,那时心理上没有归依感,生命里也有好几年没有再捡东西的心情。无家的人实在不需要自己常常提醒,只看那空荡荡的桌椅就知道这公式化的房间不是一个家。

那一阵死书念得太多,头脑转不灵活,心灵亦为之蒙尘,而自己却找不出自救之道,人生最宝贵的青春竟在教科书本中度过实是可惜。

不再上学之后,曾经跟其他三个单身女孩子同住一个公寓,当时是在城里,虽然没有地方去捡什么东西,可是我同住的朋友们丢掉的旧衣服、毛线,甚而杂志,我都收拢了,夜间谈天说地的时候,这些废物,在我的改装下,变成了布娃娃、围裙、比基尼游泳衣……

当时,看见自己变出了如此美丽的魔术,拾荒的旧梦又一度清晰地浮到眼前来,那等于发现了一个还没有完全枯萎的生命,那份心情是十分感动自己的。

到那时为止，拾破烂在我的生活中虽然没有停顿，可是它究竟只是一份嗜好，并不是必须赖以生存的工作，我也没有想过，如果有一日，整个的家庭要依靠别人丢弃的东西一草一木地重组起来，会是怎么美妙的滋味。

等我体会出拾荒真正无与伦比的神秘和奇妙时，在撒哈拉沙漠里，已被我利用在大漠镇外垃圾堆里翻捡的成绩，布置出了一个世界上最美丽的家，那是整整两年的时间造成的奇迹。

拾荒人眼底的垃圾场是一块世界上最妩媚的花园。过去小学老师曾说："要拾破烂，现在就可以滚，不必再念书了！"她这话只有一半是对的，学校可以滚出来，书却不能不念的。垃圾虽是一样的垃圾，可是因为面对它的人在经验和艺术的修养上不同，它也会有不同的反应和回报。

在我的拾荒生涯里，最奇怪的还是在沙漠。这片大地看似虚无，其实它蕴藏了多少大自然的礼物，我至今收藏的一些石斧、石刀还有三叶虫的化石都是那里得来的宝贝。

更怪异的是，在清晨的沙漠里，荷西与我拾到过一百多条长如手臂的法国面包，握在手里是热的，吃在嘴里外脆内软，显然是刚刚出炉的东西，没法解释它们为什么躺在荒野里，这么多条面包我们吃不了，整个工地拿去分，也没听说吃死了人。

还有一次西班牙人已经开始在沙漠撤退了，也是在荒野里，丢了一卡车几百箱的法国三星白兰地，我们捡了一大箱回来，竟是派不上什么用场，结果仍是放在家里人就离开了，离开沙漠时，有生以来第一回，丢了自己东西给人捡，那真说不出有多心痛。

我们定居到现在的群岛来时，家附近靠海的地方也有一片垃圾场,在那儿,人们将建筑材料、旧衣鞋、家具、收音机、电视、木箱、花草、书籍数也数不清、分也分不完的好东西丢弃着。

这个垃圾场没有腐坏的食物,镇上清洁队每天来收厨房垃圾,而家庭中不用的物件和粗重的材料,才被丢弃在这住宅区的尽头。

也是在这个大垃圾场里,我认识了今生唯一的一个拾荒同好。

这人是我邻居葛雷老夫妇的儿子,过去是苏黎世一间小学校的教师,后来因为过分热爱拾荒自由自在的生涯,毅然放下了教职,现在靠拾捡旧货转卖得来的钱过日子。

在他住父母家度假的一段时间里,他是我们家的常客,据他说,拾荒的收入,不比一个小学老师差,这完全要看个人的兴趣。我觉得那是他的选择,外人是没有资格在这件事上来下评论的。

我的小学老师因为我曾经立志要拾荒而怒叱我,却不知道,我成长后第一个碰见的专业拾荒人居然是一个小学老师变过来的,这实在是十分有趣的事情。

这个专业的拾荒同好,比起我的功力来,又高了一层,往往我们一同开始在垃圾堆里慢慢散步,走完了一趟,我什么也没得着,他却抬出一整面雕花的木门来送荷西,这么好的东西别人为什么丢掉实在是想不透。

我的拾荒朋友回到瑞士之后不久,他的另一个哥哥开车穿过欧洲再坐船也来到了加纳利群岛。这一次,我的朋友托带来了一架货真价实的老式瑞士乡间的运牛奶的木拖车,有三分之二的汽车那么长,轮子、把手什么都可以转。它是绑在车顶上飘洋过海而来的一个真实的梦。我惊喜得不相信自己的眼睛,接着,一本淡绿封面,精装,写着老式花体英文字母,插画着精美钢笔线条画的故事书

《威廉特尔》轻轻地又放在我手里，看看版本，竟是一九二〇年的。

这两样珍贵非常的东西使我们欢喜了好一阵，而我们托带去的回报，是一个过去西班牙人洗脸时盛水用的紫铜面盆和镶花的黑铁架，一个粗彩陶绘制的磨咖啡豆的磨子，还有一块破了一个洞又被我巧妙地绣补好了的西班牙绣花古式女用披肩。当然，这些一来一往的礼物，都是我们双方在垃圾堆里掏出来的精品。

拾荒不一定要在陆上拾，海里也有它的世界。荷西在海里掏出来过腓尼基人时代的陶瓮，十八世纪时的实心炮弹、船灯、船窗、罗盘、大铁链，最近一次，在水底，捡到一枚男用的金戒指，上面刻着一九四七年，名字已被磨褪得看不出来了。海底的东西，陶瓮因是西班牙国家的财产归了加底斯城的博物馆，其他的都用来装饰了房间，只有那只金戒指，因为不知道过去是属于什么人的，看了心里总是不舒服，好似它主人的灵魂还附在它里面一样。

拾荒赔本的时候也是有的，那是判断错误拾回来的东西。

有一次我在路上看见极大极大一个木箱，大得像一个房间，当时我马上想到，它可以放在后院里，锯开门窗，真拿它来当客房用。

结果我付了大卡车钱、四个工人钱。大箱子运来了，花园的小门却进不去。我当机立断，再要把这庞然大物丢掉，警察却跟在卡车司机后面不肯走，我如果丢了，他要开罚单，绕了不知多少转，我溜下车逃了，难题留给卡车司机去处理吧。第二天早晨一起床，大箱子居然挡在门口。支解那个大东西的时候，我似乎下决心不再张望路上任何一草一木了。

前一阵，荷西带了我去山里看朋友，沿途公路上许多农家，他们的垃圾都放在一个个小木箱里。

在回程的路上，我对荷西说："前面转弯，大树下停一停。"

车停了，我从从容容地走过去，在别人的垃圾箱内，捧出三大棵美丽的羊齿植物。

这就是我的生活和快乐。

拾荒的趣味，除了不劳而获这实际的欢喜之外，更吸引人的是，它永远是一份未知，在下一分钟里，能拾到的是什么好东西谁也不知道，它是一个没有终止，没有答案，也不会有结局的谜。

我有一天老了的时候，要动手做一本书，在这本书里，自我童年时代所捡的东西一直到老年的都要写上去，然后我把它包起来，丢在垃圾场里，如果有一天，有另外一个人，捡到了这本书，将它珍藏起来，同时也开始拾垃圾，那么，这个一生的拾荒梦，总是有人继承了再做下去，垃圾们知道了，不知会有多么欢喜呢。

黄昏的故事

永远的夏娃之二

我喜欢漫游,也喜欢黄昏和黑夜交接的那一段时光。

我们现在的家,坐落在一个斜斜山坡的顶上。前面的大玻璃窗看出去,星罗棋布的小白房在一脉青山上迤逦着筑到海边。

厨房的后窗根本是一幅画框,微风吹拂着美丽的山谷,落日在海水上缓缓转红,远方低低的天边,第一颗星总像是大海里升上来的,更奇怪的是,墙下的金银花,一定要开始黄昏了,才发出淡淡的沁香来。这时候,一天的家务差不多都做完了,咖啡热着,蛋糕烘烤得恰到好处。荷西已经下工回来,电视机也开始唱广告歌。我换上舒服的凉鞋,把荷西的茶点小心地用托盘搬出来,这才摸摸他的头,对他说:"我走了。"

这时候的荷西,也许在看报,也可能盯着电视,也可能开始吃东西,他照例含糊地说一句:"旅途愉快!"便将我打发去了。

我轻轻地带上房门,呼吸着第一口甚而还有些寒冷的空气,心情不知怎的就那么踏实欢喜起来。

很少在清晨散步,除了住在撒哈拉的那一阵经常早起之外,以后可以说没有在极早的时光里生活过。

早晨是一日的开始，心情上，有一日的负担和算计，迎接未知的白日，总使人紧张而戒备。黄昏便是不同，它是温柔的夜的前奏，是释放、舒畅，教人享受生命最甜美的一段时光。

这两年多来，无论住在哪里，家总是安置在近海的地方，黄昏长长的漫步成了生活里不可或缺的习惯。

在丹纳丽芙岛，现在的住家，我每日漫游的路途大致是相同的。后山下坡，穿过海也似的芭蕉园，绕过灌溉用的大水池，经过一排极华丽的深宅大院，跟"水肺"站着谈一会儿闲话，再下坡，踏过一片野菊花，转弯，下到海岸线，沿着海边跑到古堡，十字港的地区就算是到了，穿进峡谷似的现代大旅馆，到渔港看船，广场打个转，图书馆借本书，这才原路回来。

每日经过女友黛娥的家，她总是抱了孩子想跟我一块去游荡，有时候看见她近乎委屈地巴望着我，总觉得自己拒绝得有些残忍。

总是哄她，用各种理由不带她去，有时候远远看见她向我走来，干脆装着不看见，掉头就跑，这样无情地一次一次甩掉她，她居然也不生气。

我喜欢适度的孤单，心灵上最释放的一刻，总舍不得跟别人共享，事实上也很难分享这绝对个人的珍宝，甚至荷西自愿留在家里看电视，我的心里都暗藏了几分喜悦。

清风明月都该应是一个人的事情，倒是吃饭，是人多些比较有味道。

每次散步，那条乡间小路上可以说是碰不到一个人影的，只有"水肺"，像是赴约会似的等在他华厦的大门口，苦盼着我经过。

"水肺"是一个八十多岁生病的德国老头子，跟他单身的儿子住在一幢极大的房子里，父子两个长得一模一样，儿子中年了，好似也病着似的。

　　这一家异乡人没有朋友，也不外出做事，种了一园的玫瑰花。老人因为肺水肿，已经不太能动了，天天趴在花园的门上，见我去了，老远的就一步一步将我吞下去似的望。

　　第一次经过老人的门口，就是被他喂喂地叫过去的。我过去了，他隔着镶花铁门，把手蓦然伸出来牢牢捉住人不放，手指冰冷的，骷髅似的大眼洞瞪着人，肺里风箱似的响，总是说："上个月医生就说要死了，可是这个月都快完了，还没有死。"

　　"水肺"是我自己心里给老人叫的名字，他们姓什么从来不知道，散步去了，每天被他捉住，随他乱扯什么我都忍着听，后来日子久了，究竟是烦了，常常坚决地抽开他的手，转身逃开去。

　　有一次老人突然问我："你穷不穷？你先生穷不穷？"

　　我不知道他为什么这么唐突地问我，站着不响，没有回答他，带些愠怒地微笑着。

　　他又突然说："我唯一的儿子，死了不放心他，订婚两次，结果都给人跑掉了，如果，如果你肯跟他——我们是有钱的人，将来都是你的，不信你进来看，进来看呀——"

　　我静静地看着老人，说了一句莫名其妙的话："我不为钱结婚。"

　　"可是也可以为钱结婚，是不是，是不是？"

　　老人又伸出手来急切地死拉住我，我悄悄抬眼往他身后望去，老人那个苍白沉默的中年儿子正躲在窗帘后面的一角偷看我。

后来我告诉荷西老人的事，荷西将我骂了一顿，说："你已经结婚了，怎么还去跟人家争为不为金钱出嫁的事情，干脆把他骂过去才是。"

我也想过要骂这个老人，可是一经过他们的家门，看见那一园寂寂的玫瑰，心里总有些说不出的不忍和悲凉，便又和颜悦色地对待他了。

前几天老人真的死了，晚上死的，第二天清早就搬去葬了，好方便的，大概早就预备着等他死的。

听见了这个消息的黄昏，一样在散步，经过死去老人的门口，发觉跟他长得那么相像的儿子，居然代替了父亲的位置，穿了一件鲜明的红毛衣，一色一样地趴在家门口。我看见了他，本想上去说几句哀悼的话，没想到他先对我喂喂地叫了起来，那个姿势和声音，就像他父亲第一次看见我时死命地把我叫过去一个样子，我被他这怪异的举动，吓得头发根根竖了起来，青着脸往山下没命地逃，一回头，那个儿子的半身，还挂在门外向我招手。身后如此华丽的洋房，却像个大坟似的，埋葬着一个喂喂呼叫的寂寞的活人，也是够残忍的了。

这几天还是经过死去老人的家门前，那个儿子不挂在门上了——他在窗后面看我。不知是忌什么，总是加快了脚步，怕一个那么堪怜的人，也算是生命的无奈吧。

我是不喜欢芭蕉园的，一走进去，再好的夕阳都幽暗暧昧起来，无风的时候四周静得要窒息，稍稍吹过一点点微风，芭蕉叶又马上夸张地沙沙乱响。

从小听带我长大的女工人玉珍说鬼，她每说鬼时，总要顺手一指过去在父母家中院里的一丛芭蕉树,说:"鬼啊,就在那种树下面,还会哭哦!女的,抱了小孩吱吱惨哭!"

我的童年被鬼故事吓得很厉害,直到现在,看见芭蕉心里还是不自在。

散步的路,不经过密密的蕉林就到不了海边。这一段长路,总是跑的,有时候天气阴暗,出门之前总再三拜托荷西:"过十五、二十分钟左右请你站出来在阳台上给我看看,好少怕一点。"

跑过一段蕉园,抬起头来往老远高岗上的家里望,荷西如果站在那儿,哪怕是个小黑点,心里也好过些。后来我天天叫他出来站一站,他不耐烦了,不再理我,我就一口气跑下去,两边树影飞也似的掠过,奔出林子,海边的路来了,这也就过了,可惜的是,芭蕉园里从来没有停下来看看是不是可以吃它一根绿蕉,总是太怕了些。

从海岸一直走到古堡那一条路是最宽敞的,没有沙滩,只有碎石遍地,那么长一条滩,只孤零零一棵松树委委屈屈地站着,树下市政府给放了条长木椅。

这儿没有防波堤,巨浪从来不温柔,它们几乎总是灰色的一堆堆汹涌而来,复仇似的击打着深黑色怪形怪状的原始礁岩,每一次的冲击,水花破得天一般的高,惊天动地地散落下来,这边的大海响得万马奔腾,那边的一轮血红的落日,凄艳绝伦地静静地自往水里掉。

这两种景象配合起来,在我的感动里,竟是想象中世界末日那份摄人心魂的鬼魅和怪异,又想到日本小林正树导演的《怪谈》中的几场片景。这样的画面,总有一份诗意的凶恶,说不出是爱还是不爱，可是每天经过那张松树下的木椅，还是忍不住被吸引过去，坐下来看到痴了过去。

过了古堡，进入街道、商店、大旅馆……混入各色各样的外籍游客里去，这本是个度假的胜地，冬暖夏凉，虽是小街小巷，人世的鲜明活泼毕竟比大自然的景象又多了一层温柔。

经过小小的渔港，船都拉上了滩，没有预备出海的迹象，有些面熟的年轻人坐着钓鱼，老人在补网，穿热裤的金发游客美女在他们身边哗笑走过，这么不同的生活和人种同住在弹丸大小的十字港，却平静得两不相涉，亦是有趣的画面。

港口的椅子上，一个外国老太太，一个西班牙老渔夫，两个人话也不通，笑眯眯地靠在一起坐着，初恋似的红着脸。

过了那么多年，《巴黎最后的探戈》才在西班牙解禁了。港口电影院的队伍排列到另外一条街。

一看是这张电影，连忙跑上去看挂着的剧照，人群里却有人在叫着："喂，三毛，三毛！"

发觉另外一个女友卡门居然打扮得花枝招展地挤在买票的队伍里，跑了上去问她："你干吗？"

她暧昧地笑，神经兮兮地问我："你看不看？看不看？"

"像你这种小气巴拉的样子，我就不看。"我拍拍她的头，斜斜睇着她，她一下气得很。

"这不是色情片，它有它本身的意义。"她十分严肃地分析起来，声音也大了。

"啊！这么严重？我更不要看了。"我又笑她，她气得想掐我又不敢离开队伍。

"我去买冰棒，你吃不吃？"我问她，她摇摇头，用手指指远方，原来是她的摄影家先生慢慢晃来了。

在广场向老祖母买冰棒，向她要柠檬的，她必定给人凤梨的，要凤梨的，她一定弄成柠檬的，跟她换，她会骂人。

很喜欢向她买冰棒，总得站好，专心想好，相反地要，得来才是正的。

我一向是向她要柠檬，得来正是我要的凤梨。有一次想，如果向老太婆买橘子冰棒，不知她弄成什么，结果她没弄错，我大大失望一番，以为橘子会变草莓的。

荷西叫我顺便去图书馆借海洋方面的书。

我跑进去拿了一本裙威格，一本卫斯特，这是荷西最受不了的两个作家，他自己不下来借，结果便是如此活该。

夜来了，黄昏已尽，巷内一家家华丽高贵的衣饰店看花了人的眼，看痛了人的心，繁华依然引人，红尘十丈，茫茫的人世，竟还是自己的来处。

回程下雨了，将借来的书塞进毛衣里面，发狂地往家里跑。一日将尽，接着来的，将是漫漫长夜，想到雨夜看书的享受，心里又充满了说不出的喜悦和欢欣，夜是如此地美，黑夜淋雨，更是任性的豪华。

跑过蕉园的外围，先去守园老夫妇的小瓦房，老婆婆正在屋内搬了空罐头预备接漏雨呢。

坐了一会儿，老公公回来了，跳上去捉住他，叫他陪着穿过蕉林，天越走越黑，雨却不大了，老公公一再地问，荷西怎么不捉鱼给他吃了。

快到家门了，开始小跑，这是一天的运动，跑到家里，冲进门去，愉快地喊着："回来啦！"

那时候，荷西看见我总很高兴的样子。

我们十点钟吃简单的晚饭。

夜间十二时上床开始看书，我叹了口气，对荷西说："散步太快乐了，这么快乐，也许有一天散成神仙，永远不再回家了，你说好不好？"

荷西不置可否。

结婚四年了，我也知道，这种鬼话，只有神经不正常的人才能回答我。

"如果我成仙去了，你不要忘了吃东西，蛋炒饭冰箱里总是有一盘的。"

荷西还是专心做他的填字游戏，咿咿啊啊地假装听着。

我又自说自话了好一阵，这才拿起书来，默默地看了下去。

看了一看，还是搁下书来想了一下——荷西不知道会不会找不到蛋炒饭。

巫人记

永远的夏娃之三

居住在加纳利群岛不觉已有两年了。

一直很想将这儿亲身经验的一些"治疗师"用巫术治病的情形记录下来。

知道《皇冠》在这个群岛上拥有可观的订户和读者，住在这儿的侨胞，看了以下的文字时，很可能会觉得奇怪，为什么不肯介绍这个美丽而现代的北非观光胜地的旅游事业，偏偏要去写些旁门左道的巫术，好似这儿是个无比落后荒谬的地区一般。

我因为去年曾经给这个群岛写了一个中篇游记，收录在《哭泣的骆驼》那本书里，因此有关加纳利群岛的其他，无心再在这儿重述了。

有兴趣写的还是几次接受土地郎中治病的经过情形。

第一次听说加纳利人相信巫术是在沙漠里居住的时候。

那时，许多加纳利岛的工人过海去沙漠的小镇讨生活，他们或多或少总会说说自己故乡的事情。

我们的朋友之一马诺林是大加纳利岛去的，他可以说是同乡们中的知识分子，本身极爱思考，也很喜欢心灵学方面的知识，据说，他的养父，过去一度是做巫人的，后来娶了他的母亲，才改在香烟厂去做事了。

马诺林在性格方面有他的神秘性，思想有时候十分地怪异，我跟他很谈得来，而荷西就比较没有办法进入这个人的心灵领域里去。

当时，我们的撒哈拉威邻居的男孩子，一个名叫巴新的，不知为什么迷上了一个沙漠里的妓女，几个月来鬼魔附体似的，白天糊涂到家人也不太认识，可是只要黄昏一来，他的步子就会往女人住的那个方向走。家里的东西不但偷出去卖，连邻居那儿都红着吓人的眼睛死赖着借钱，钱一到手，人就摇摇晃晃地被吸去了，好似那个妓女勾着他的魂一般。

有一天巴新晃进来借钱，我看他实在可怜，给了他三百，这点钱上女人那里去自然是不够的，他又可怜巴巴地求。马诺林当时恰好在我们家，也给了他两百，他才低着头走了。

"这个孩子可怜，中了蛊。"马诺林说。

我一听，全身寒毛肃立，不知道他为什么会讲这么可怕的话。

"中的还是加纳利群岛那边人搞过来的鬼东西。"马诺林又说。

"迷女人呀？"我又吓吓地探了一句。

"不小心，吃下了一点别人放的不该吃的东西，就回不了头了。"

"你怎么晓得？"荷西很不以为然地问。

"这种东西，发起来一个样子，没有那个女人，就是死路一条，妓女常常用这种方法去教人中迷的。"

本想反驳马诺林这过分荒谬无知的说法，后来想到他家庭的背景——养父是巫人，母亲开过酒吧。在他生长的环境里，这样的迷信可能还是存在的。我因此便不说什么，笑笑地看着他，可是心里是不相信这一套的。

"巴新也真可怜，十六岁的小家伙，爱上那个女人之后完全变了，有一次三更半夜来敲门借钱，好像毒瘾发作的人一样，我们开慢了一点，他就疯了似的一直敲一直敲，真开了，他又不响了，呆呆地站在月光里，好可怕好可怕的红眼睛瞪着人看。"我越说越怕，声音也高昂起来了。

马诺林听了低头沉思了好一会儿。

"他们家是保守的回教家庭，出了这样个儿子，真是伤心透了，上礼拜巴新还给绑起来打，有什么用，一不看好，又逃出去了。"我又说。

这时候马诺林抬头很奇异地抹过一丝微笑，说："可以解掉的嘛！"

"巴新是初恋狂，性格又内向，所以这个怪样子，不是你说的中了什么蛊。"我很简单地说。

马诺林也不争辩，站起来，穿过我们的天台，到巴新家里的楼梯口去。

"要巴新的妈妈来跟我谈。"马诺林对我说。

虽是沙漠女人，为了谈儿子，匆匆忙忙就跑过来了，马诺林低低地对她不知讲什么，巴新的母亲猛点头，一句一句答应着，又擦眼泪，不停地擦泪。

没过第三天，巴新意外地好了，人也精神起来了，很快活地坐在大门口,黄昏也不出去,接连十多天都没再出去,以后完全好了。

我心里奇怪得不得了,又不能问巴新。

马诺林来了,我自是逼上去死死追问,可是他也不肯讲,只说:"这种事只有巴新的妈妈可以化解,如果没有母亲,就难了。"

"可是做了什么呢?"我又追问着。

"小魔术。"马诺林仍是笑而不答。

我们是不相信的,看了巴新仍不相信。直到来了丹纳丽芙岛,发觉连乡下女人要抓住丈夫的心,都还相信这些巫术,真教人有不知身在何处之感,慢慢地也听习惯了这些事。

当然,我说的这些只是一般少数没有知识的乡下女人男人,并不能代表大半的加纳利民风,这些事在城市里是不常听讲的。

个人第一次接触到一个治疗师,是在两年前的冬天。那时候,我得了一次恶性感冒,初来这个岛上,没有一个相识的朋友,那时候荷西又单独去了半年沙漠,我一个人居住在海边生病。

感冒了近乎一个多月,剧烈的咳嗽和耳痛将人折磨得不成样子,一天早午要两次开车去镇上打针,可是病情始终没有丝毫进展。

医生看见我那副死去活来的样子非常同情,他惊异地说:"开给你的抗生素足足可以杀死一只大象了,你怎么还不好呢?"

"因为我不是那只象。"我有气无力地答着。

药房的人看我一次又一次地上门,也是非常不解,他们觉得我吃药吃得太可怕了。

"这种东西不要再用了,你啊,广场上那个卖草药的女人去试试看吧!"药剂师无可奈何地建议着。

我流着冷汗,撑着走了几十步,在阳光下找到了那个被人叫"治疗师"的粗壮女人。

"听说你治病?"那一阵真是惨,眼前金星乱冒的虚弱,说话都说不动。

"坐下来,快坐下来。"治疗师很和气,马上把我按在广场的一把椅子上。

"咳多久了?"

"一个多月了,耳朵里面也很痛,发烧。"

女人一面听一面很熟练地抓了一把草药。

"来,把手给我,不要怕。"治疗师把我的双手合起来交握在她手掌里抱在胸前,闭上了眼睛喃喃有词地说了一段话,又绕到我背后,在我背上摸摸,在耳朵后面各自轻轻弹了一下,双手在我颈下拍拍,这就算治过了。

我完全没有被她迷惑,排拒地斜望着这个乡下女人,觉得她很滑稽。阳光下,这种治疗的气氛也不够吸引人。

那份药,收了相当于三块美金的代价,念咒是不要钱的,总算是很有良心了。

说也奇怪,熬了三次草药服下去,人不虚了,冷汗不流了,咳出一大堆秽物,缠绵了近四十天的不适,一夜之间消失得无影无踪。

我想,那还是以前服的抗生素突然有了作用。治疗师的草药不过是也在那时候服了下去,巧合罢了。

虽然那么说，还是去买了一包同样的草药寄给台北的父母收藏。

治疗师笑着对我说："其实，这只是一种煮肉时放进去用的香叶子，没有什么道理，治好你的，是上面来的力量。"她指指天上。

我呆呆地看着她，觉得很有趣，好在病也过了，实在不必深究下去。

"你怎么学的？"我站在她摊子边东摸西看，草药的味道跟台湾的青草店差不多，很好闻的。

"老天爷赐的特别的天赋，学不来的呀！"很乐天地笑着。

"你还会什么？"又问她。

"爱情，叫你先生爱你一辈子。"女人粗俗地恶狠狠地对我保证，我想她这是在开人玩笑了，掉头笑着走开去。世上哪有服药的爱情。

加纳利群岛一共大小七个岛，巫风最盛的都说是多山区的拉芭玛岛，据说一般居住在深山里的乡民万一生了小毛小病，还是吃草药，不到真的严重了不出来看医生的。

有的甚而连草药都不用，只用巫术。

荷西与我曾经在这个多山的岛上，被一个来历不明的女人抢拔了一些毛发去，她拉了我一小撮头发，荷西是胡子。这件事去年已经写在游记里了。至今不明白，这个女人抢我们的毛发是有什么作用。

很有趣的是，我们被拔了毛发那日回旅社去，不放心地请教了旅馆的主人，问他们有没有拔毛的风俗。

旅馆主人笑说："是巫术嘛！"

我们没说什么，心里很不是滋味，那种不愉快的感觉过了好多天都萦绕在心里，挥之不去。

在拉芭玛岛居住又住了十数日。一天旅馆楼下隔邻的人要请巫师来家里，清洁工人就来跟我们说了。

"治什么？"

"那家太太瘫在床上好多年啦！还送到马德里去治过，没有好。"

我马上跑去请旅社主人带我去看，他很干脆，当时便答应了，并且说，瘫在床上的是他堂嫂嫂，有亲戚关系的。

下午五点多钟吧，他们打电话上来叫我，说巫师来了。当然，为了尊敬对方，他是说："治疗师来了！"

这位治疗师也真有意思，听说他平日在市政府上班，兼给人念咒治病，穿得很时髦，体格十分魁伟，很有自信的样子，怎么看都没有阴气，是个阳间的人物。

我跟去楼下这家请巫师的人家时，那个瘫着的女人居然被移开了，只有空床放着，这不免使我有些失望，人总是残忍的，对悲惨的事，喜欢看见了再疼痛，看不见，就不同了。

治疗师在房内大步走来走去，好像散步一样，也不作法，不念咒，然后简单地说："把床换到这头来。"又说："从今天起，这扇门关上，走另外一边出入。"

说完他走掉了，我什么也没看见。

跟在旅社主人后面走出来时，我不解地问他："你想床换了位置，再开开门关关门，瘫女人就会走路了吗？怎么可能呢？"

他停下来很奇怪地看着我，说："谁说她会走路来的？"

"不是明明请人来医她的吗？"我更不懂了。

"谁有那么大的法力叫瘫子走路？那不过是个兼差的治疗师而已呀！"他叫了起来。

"他来到底是做什么？"

"来治我堂嫂嫂的伤风感冒，你看吧，不出一星期一定好，这个人在这方面很灵的。"

"就这样啊？"

"就这样？你以为巫术是做什么，是给你上天下地长生不老的吗？"

去年荷西远赴尼日利亚去工作，我一个人住在家里。有一天，因为滂沱大雨，车子在乡间小路上熄了火，我不顾一切下来死命推车，一时过去车祸受伤过的脊椎又大痛了起来。

我一连去看了七八次医生，睡在硬地上，都不能减轻那剧烈的痛。

那时家中正在油漆，工人看见我痛得那个样子，马上热心地要开车送我上山去找"治疗师"。

当时不知为什么那么无知，竟然表示肯去试试，跟油漆匠约了次日一同去看那个传说中的瞎子治疗师。

一个受伤的脊椎必然需要时间给它复元，而我去痛心切，大意地将身体那么重要的部位去交给一个瞎子老人，实在是不可饶恕的愚昧。

这个瞎子很著名，乡下人相信他，我们社区的油漆匠也有脊椎的毛病,所以才把我给带去看。

去了原来是给脊椎痛的人"拔火罐",跟中国的老方法差不多。有趣的是,瞎老人用个马铃薯放在脊椎上,马铃薯上再插一根火柴,火柴由他的助手女儿一燃上,马上从上面罩个玻璃杯,这一来,开始贴着肉推,痛得差不多要叫,治疗也好了。治好的人,也是助手来,拿长条的宽绷带将胸口到下腰紧紧地绑起来,这个在医学上有没有根据我不知道,可是我个人绑了几天之后,痛减轻了很多。

当我回到自己的医生处去检查时,跟他说起瞎子治疗师的事,当然被他大骂了一顿,我也就没有再回去给放马铃薯了。

今年换了居处,来了美丽的丹纳丽芙岛,这儿景色非常美丽,四季如春,冬不冷,夏不热,而我,在这么怡人的岛上,居然一连发了数个月的微烧,医生查遍身体,却找不出毛病。

在这种情形之下,又有人好意来带我去找"治疗师"了。

据说,那是一个极端灵验的南美委内瑞拉远道而来的治疗师,专治疑难病痛。我女友的母亲因为手腿麻木,要去看,把我也一同捉了去。

治疗师住在山里面,我们清晨几点到,已经有一长队的人在等着了,等待的人,绝大多数是没有知识的乡村妇女们。她们说,这一个比较贵,多少要放五百、一千西币。虽然照习俗,治疗师本人是不定价不讨钱的,因为这天赋治病的异能,是该用来解除众生的苦痛,所以不能要钱。说是这么说的,可是每一个都拿。

南美来的术师长得非常动人,深奥的眼睛摄人心魂似的盯住每一个哀愁的女人。他是清洁的,高贵的,有很深的神学味道,在他的迫视下,一种催眠似的无助感真会慢慢地浮升上来。

每一个病人到他面前,他照例举木十字架出来在人面前一左一右地晃,然后轻轻地祷告,静静地听病人倾诉。当时场内的气氛有若教堂,每一个穷苦的女人受了他的催眠,走出去时,绿绿蓝蓝的大钞票就掏出来了。

这是个江湖术士,草药都不用了。轮到我时我退开了,不肯给他看。

同去的女友的母亲接受治疗之后大概一时感动得十分厉害,出门还流下了眼泪。

最假的治疗师最会赚钱,也最受人们爱戴,这是我的一大发现。

比较起来,我喜欢市政府那个叫人搬床的治疗师,他什么气氛都不制造,连病人也不必看,多么干脆。

西班牙本土人爱孩子,加纳利群岛人也爱孩子,更爱男孩子。荷西与我结婚四年,没有生育,在这儿简直被乡下人看成人间悲剧,他们一再地追究盘问,实在使人啼笑皆非。

有一天,打扫女工玛丽亚匆匆地跑上楼来激动地问我,"要不要一个男娃娃?"

我被这突如其来的问话吓了一跳,马上想到一定是个弃婴,叫了出来:"在哪里?"

"什么在哪里,我打听到一个治疗师,治好了不知其数的不孕妇人,生的都是男娃娃。"她愉快地向我宣布。

我听了叹了口气。这些愚民村姑，怎么会无知可怜到这个样子。

"什么噢！我不去。"我很无礼地回答。

"你去，你今天下午去，明年这个时候请我参加孩子受洗典礼。"玛丽亚有这么固执的信心。

"我不相信，不去，不去。"简直神经嘛。

玛丽亚走了，过了一下，带来了我很面熟的一个希腊邻居太太，手里抱了个小婴儿。

"真的，你一定要相信我，我结婚几年没有孩子，也是别人介绍我去那个治疗师那里治了几次，现在有了这么可爱的一个孩子，你如果肯去，我下午可以带路。"那个太太很温柔地说。

"我们还没有决定要不要小孩。"我硬着头皮说。在一旁听的玛丽亚做了一个昏倒的表情，她三十六岁，有四个小孩，最大的十七岁。

"千万不要这么说，你去试试，太多的女人被这个老人医好了。"希腊太太又说。

"痛不痛？"我动摇了。

"不痛，要拉手臂，两手交抱，治疗师从后面抱起来拉，脊椎骨头一节节响，就好了。"

"嘎！"我听了脊椎马上真痛起来。

"我们都是要帮助你，去一次怎么样？"

我开始愠怒起来，觉得这两个女人太讨厌了。

到了下午，希腊先生热情地来了，不由分说，就拿了我的毛衣皮包自说自话地下楼了。

我无可奈何，强忍了怒，锁了门，走下楼时，他们这对过分热心的夫妇已在车内等着我了。

治疗师也是个老人,他很得意地说,连葡萄牙那边都有不孕的女人慕名来找他,结果都怀孕了,而且生男孩。

接着老人站在一格高楼梯上,叫我双手交抱,手臂尽量往背后伸,他从后面抱住我,将我凌空举起来乱晃,骨头果然咔啦啦乱响,我紧张得尖叫了起来,他又将我上下乱顿,这一来,受伤过的脊椎马上剧痛,我几乎是打架似的从老人手臂里又叫又喊地挣脱下地。

在一旁看的希腊夫妇很不甘心,一齐叫着:"这不算,再摔一次,再摔一次。"

"差不多啦,下次再来,下星期六早晨来最好。"老人被我乱叫得有些不乐,门外候诊的另外几个女人马上露出了害怕的神情来。

我送了治疗师两百块钱,那么少,他还是谢了又谢,这一点使我十分喜欢他,可是我再也不会回去找他了。还是把时间让给葡萄牙女人去吧。

治疗师,我们背地叫他们巫师,在这儿还有很多很多,我去过的还有其他三四个,不过都没有什么过分特别,不值得记述,比起我所见过的尼日利亚与贝宁(早先称作达荷美),真正非洲丛林里的巫师又更是厉害恐怖邪门了千万倍,我在尼日利亚看过一次女巫对当地女神"水妈咪"的献祭,当时身受的惊吓可能一生也不能忘怀,这是加纳利群岛之外的故事,放在以后再说了。

饺子大王
永远的夏娃之四

我个人在日常生活上的缺点很多,优点却很少。

比较认识我的人都会发觉,就因为我做任何无关紧要的小事情都过分专注的缘故,因此在大事上反倒成了一个心不在焉的糊涂人。

套一句西班牙的说法,我是一个"常常在瓦伦西亚的月亮里的人",也就是说,那个地方的月色特别地美,对月的人,往往魂飞天外,忘了身在何处,而成了嫦娥一枚也。

当那日我极专心地提了两大包重重的食物和日用品从小铺子里走出来时,虽然觉得眼前寂寂的窄街上好似有个影子挡在我面前,可是我连无意识地抬头望一下的想法都不曾有,茫茫地越过这个人往我的车子走去。

虽然当时正是烈日当空,可是我一向是踏在月亮里走着的人,心没带在身上是十分普通的事。

走了几步,这个人却跟了上来,居然又犹犹豫豫地在侧面看我,再看我,又打量我。

我一样茫茫然地开车门,弯下身将手里的东西丢进去,对身边的人没有什么知觉。

"请问你是三毛吗？"这个人突然用国语说。

听见自己国家的语言多少使我有些意外，很快地站直了身子，微笑着客气地说："是啊！您也是中国人吗？"

不知为什么，这个人听到我那么客气而有礼的回答，居然露出窘气不堪的表情来，斜斜地侧过头去，自言自语地用乡音长叹了一声："唉——莽记塌啦！"

一个长久失乡的人突然听到乡音，心里的震动是不能形容的，虽然我们家自小讲国语，可是父母亲戚之间仍然用家乡话。眼前这个人一句话，轰开了我久已不去接触的另一个世界，那个世界里的人、物，像火花一般在脑海里纷纷闪烁起来。而我，张大着眼睛呆望着来人，却像被点穴了一般不能动弹也不能言语。

"这个人我认识的呀！"我心里喊了起来。

"哎呀！表姐夫啊！"终于尖叫了出来。

这个姐夫将手一摊，做了个——"这不就是我吗"的表情，默默上前来接过我手里另一包东西放进车里去，我呢，仍然歇斯底里地站在一边望着他，望着他，讷讷不能成言。

我的表姐，是父亲嫡亲大姐的第六个孩子，所以我们称她六表姐，多年前，表姐与现在的表姐夫如何认识，如何结婚，我都在旁看过热闹，跟这位表姐夫并不生疏。当时家族里所有的小孩都喜欢这个会开船又会造船的人，跟着他四处乱跑，因此我们总是叫这表姐夫是"孩子王"。

想不到十一年的岁月轻轻掠过，相逢竟成陌路。

表姐夫犹犹豫豫不敢认我，而我，比他更惊人，居然笑问他是不是中国人。

相见之后快快开车带姐夫回去，心绪虽然稍稍平静下来，却又再生感触，但觉时光飞逝，人生如梦，内心不由得涌出一丝怅然和叹息来。

这一次表姐夫从纽约运高粱来丹纳丽芙岛，船要泊一个星期，他事先写给我的信并未收到，停了两天码头仍不见我的影子。这一下船，叫了计程车，绕了半个岛找到我们住的地方来，来了却没有人应门，邻居说，三毛是去买菜了，就在附近呢。表姐夫在街上转着等我，却在路上碰到了。

这几年来，我一直以为表姐夫仍在日本造船，却不知他为了航海年资，又回到船上去工作了。多年前的他，是个日本回来的平头小伙子，而今的他，却已做了五年的船长，头发竟然也星星地花白了。

十一年不见，这中间有多少沧桑，坐定了下来，却发觉我这方面，竟没有太多过去值得再去重述。

表姐夫一向是话不多的，我问，他答，对话亦是十分亲切自然。

先问家族长辈们平安健康，再问平辈表姐妹兄弟事业和行踪，又问小辈们年龄和学业，这一晃，时间很快地过去了。

说着说着已是午饭时分，匆匆忙忙弄了一顿简单的饭菜请姐夫上桌，同时心里暗忖，这星期天还得好好再做一次像样的好菜请请远客才是。

说着闲话，正与姐夫商量着何处去游山玩水，却见荷西推门进来了。

这荷西，但见他身穿一件蓝白棋子布软绉衬衫，腰扎一条脏旧不堪牛仔短裤，脚踏脱线穿底凉鞋，手提三五条死鱼，怀抱大串玉米,长须垢面,面露恍笑,正施施然往厨房走去——他竟没看见,家里除了我还有别人坐着。

平日看惯了荷西出出入入,倒也没有什么知觉。今日借了表姐夫眼光将他打量了三数秒,不禁骇了一跳——他那副德行,活脱是那《水浒传》里打鱼的阮小七!只差耳朵没有夹上一朵石榴花。

这一看,微微皱眉,快快向他喊了过去:"荷西,快来见过表姐夫!"

荷西回头,突见千山万水那边的亲戚端坐家中,自是吓了天大的一跳。

表姐夫呢,见到表妹千辛万苦,寻寻觅觅,嫁得的妹夫却是如此这般人物,想来亦是惊愕交织,面上不由得浮出一丝悲凉之色来。

三人惊魂甫定,表姐夫与荷西相谈之下,发觉在学校里念的竟是差不多的东西,这一来,十分欢喜,下午便结伴游山玩水去也。

说了上面那么多家务事,还是没有一个跟题目相干的字写出来,这实在也不奇怪。天下的事,总有因果,所谓姐夫来访正是因的一面的讲述,而饺子的出现,却是由这个原因而带来的结果,所以没有法子不把这些事情扯进去。

话说当天夜晚将表姐夫送回船去,相约周末再去船上参观,又约周日表姐夫与船上同仁一同再来家中聚餐。

临去时,顺便问了姐夫,可否带女友上船,姐夫满口答应,并说:"好呀!欢迎你的朋友来吃饺子,饺子爱吃吗?"

荷西中文虽是听不懂,可是这两个字他是有印象的,别了姐夫之后，在车内他苦恼地说："怎么又要吃饺子，三吃饺子真不是滋味。"

这不能怪荷西，他这一生，除了太太做中国菜之外，只被中国家庭请去吃过两次正正式式的晚饭，一次是徐家，吃饺子，一次是林家，也吃饺子，这一回自己表姐夫来了，又是饺子。

我听了荷西的话便好言解释给他听，饺子是一种特别的北方食物，做起来也并不很方便，在国外，为了表示招待客人的热忱，才肯包这种麻烦的东西。这一次船上包饺子更是不易，他们自己都有多少人要吃，我们必要心怀感激才是。

我的女友们听说周末荷西和我要上大船去，羡慕得不堪，都想跟去凑热闹。

我想了一会儿，挑了玛丽莎和她三岁的小女儿玛达。原因很简单，玛丽莎长住内陆马德里，从来没有上过一条大船，这一次她千里迢迢来丹纳丽芙看望我，并且来度假一个月，我应该给她这个难得的机会的，还有一个理由，这个女友在马德里单身时，跟我同租过房子，住了一年，她爱吃中国菜。

为了不肯带丹纳丽芙的女友黛娥和她的丈夫孩子同去，这一位，在努力游说失效之余，还跟我怄了一场好气。

船上的同胞，对我们的热忱和招待令我有些微激动，虽然面上很平静地微笑着，心里却是热热湿湿的，好似一场濛濛春雨洒在干燥的非洲荒原上一般，怀乡的泪，在心里漫漫地流了个满山遍野，竟是舒畅得很。

荷西说是南方女婿，不爱吃饺子，饭桌上，却只见他埋头苦干，一口一个，又因为潜水本事大，可以不常呼吸，别人换气时，他已多食了三五十个，好大的胃口。

玛丽莎是唯一用叉子的人，只见她，将饺子割成十数小块，细细地往口里送，我斜斜睇她一眼，对她说："早知你这种食法，不如请厨房别费心包了，干脆皮管皮，馅管馅，一塌糊涂分两盘拿上来，倒也方便你些。"

我说话一向直率，看见荷西那种吃法，便笑着说："还说第三次不吃了，你看全桌山也似的饺子都让在你面前。"

"这次不同，表姐夫的饺子不同凡响，不知怎么会那么好吃。"荷西大言不惭，我看他吃得那样，心中倒也跟着欢喜起来。

时间飞快地过去，我们要下船回家了，表姐夫才说，临时半夜开船巴西，次日相约到家吃饭的事已经没有可能了。

"可是我已经预备了好多菜。"我叫了起来。

"你们自己慢慢吃吧！哪！还有东西给你带回去。"表姐夫居然提了大包小包，数不清多少珍贵的中国食物塞给荷西。

厨房伙委先生还挑出了台湾常吃的大白菜，硬要我们拿去。

跟船出海的唯一的大管轮先生的夫人，竟将满桌剩下的饺子也细心地用袋了装好了，厨师先生还给特意洒上麻油。

离船时，虽然黄昏已尽，夜色朦胧，可是当我挥手向船舷上的同胞告别时，还是很快地戴上了太阳眼镜。

表姐夫送到车门边，荷西与他热烈地拥抱分手，我头一低，快快坐进车内去，不敢让他看见我突然泪水弥漫的眼睛。

多少年离家，这明日又天涯的一刹那间的感触和疼痛，要控制起来仍是相当地困难，好在也只有那么短短的一刹那，不然这世上大半的人会是什么情形，真是只有天知道了。

世上的事情，真要看它个透彻，倒也没有意思，能哭，总是好事情。

我是个B型的人，虽然常常晴天落大雨，可是雨过天青亦是来得个快。

夜间荷西睡下了，我坐在地上，将表姐夫给的好东西摊了一地，一样一样细细地看——酱油、榨菜、辣萝卜、白糟鱼、面条、柠檬茶、黄冰糖、大包巧克力、大盒口香糖，甚至杀虫粉、防蚊油、李小龙英文传记，他都塞给了我们。

这一样一样东西，代表了多少他没有说出口来的亲情，这就是我的同胞，我的家人，对他们，我从来没有失去过信心、爱和骄傲。

看到最后，想到冰箱里藏着的饺子和白菜，我光脚悄悄跑进厨房去，为了怕深夜用厨房吵到荷西和邻居，竟然将白菜轻轻切丝，拌了酱油，就着冷饺子生吃下去，其味无穷。

数十个胖胖的饺子和一棵白菜吃完，天已快亮了，这才漱漱口，洒些香水，悄悄上床睡觉。

冰箱里就剩了五个饺子，在一只鲜红的盘子里躺着，好漂亮的一幅图画，我禁不住又在四周给排上了一圈绿绿的生菜。

第二日吃中饭，荷西跟玛丽莎对着满桌的烤鸡和一大锅罗宋汤生气。

"做人也要有分寸，你趁人好睡偷吃饺子也罢了，怎么吃了那么多，别人还尝不尝？你就没想过？自私！"荷西噜噜苏苏地埋怨起来。

"来来，吃鸡。"我笑着往玛丽莎的盘子里丢了三只烤鸡腿去。

"啊！你吃光了饺子，就给人吃这个东西吗？"玛丽莎也来发话了，笑吟吟地骂着。

"三毛，我要吃饺子。"小家伙玛达居然也凑上一角，将鸡腿一推，玫瑰色的小脸可爱地鼓着。

"吃饺子又不犯死罪，不成叫我吐出来？"

我格格地笑着，自然也不去碰鸡腿，经过昨晚那一番大宴，谁还吃得下这个。

失去的爱情，总是令人怀念的，这三个外国人，开始天天想念饺子，像一群失恋的人般曾经沧海起来，做什么菜侍候都难为水哦。

我生长在一个原籍南方的中国家庭里，虽然过去在父母膝下承欢时，连猪肉和牛肉都分不清楚，可是为人妻子以来，普通的中国菜多少也摸索着做得差强人意。荷西因此很不爱去中国饭店吃饭，他总说我做得比饭店里的口味好，却不知道，国外的中国饭店有他们的苦衷，如果不做浆糊和杂碎，那批外国人会说吃的不是中国菜，可能还会闹着不付钱呢。

这一回，荷西说着不吃的饺子吃出了味道，我心里却为难了起来。

饺子皮到底是怎么出来的，我知道是面粉。

面粉要掺凉水，热水，还是温水？不知道。

掺水揉面要不要放盐？更没听说过。

听说馒头是要发的，那么饺子面发不发？

真买了面粉回来，是筛是不筛？多揉了会不会揉出面筋来呢？

我跑到小店里去张望，架子上排着一大排蔬菜，这不行呢，没听说用番茄、玉米、青椒、洋葱，还有南瓜做饺子馅的。

我站着细细地想了一想，打长途电话去问马德里的徐伯伯要怎么和面应该是个好主意，可是他老人家年纪大了，用这个长途电话去吓他，总是不礼貌。再说，我自己有个毛病，旁人教的，不一定学得来，自己想的，倒是不会太错。

爱迪生不是小学四年级就给学校赶了出来吗？我的情形跟他乱像的呢。

求人不如求己，我来给这饺子实验实验，就算和不出饺子皮，错和个小面人出来烤烤，吹口气，看它活不活，不也很有趣吗？

那一阵我是很忙的，女友玛丽莎来此度假，部分是为了来看我。我坚持她顿顿在家里吃，好叫她省了伙食费。全家才四个人吃饭，可是荷西吃得重，玛丽莎吃得轻，玛达是个小娃娃，又得另外做营养的食物，我自己呢，吃这些人多下来的，跟母亲的习惯一色一样。

第一顿饺子开出来，我成了个白面人，头发一拍，蓬一下一阵白烟往上冒。

这次的成绩，是二十七个洋葱牛肉饺，皮厚如城墙，肉干如废弹，吃起来洋葱吱吱响。

大家勉强吃了一两个，荷西变得好客气，直说做的人劳苦功高，应该多吃。倒是玛达小娃娃并不挑剔，一旁吃得好高兴，荷西看她那个样子，恶作剧地对玛丽莎说："三毛这些饺子皮是用茶杯擀出来的，当心吃下玻璃碴。"

玛丽莎本来就是个神经质的母亲，这一唬，拎了玛达便往洗手间跑，掏她的脖子，硬迫她把口里的饺子给吐出来。

这些人这么不给人面子实在令人叹息，也因为他们如此激将，激出了我日后定做饺子大王的决心来。

一个人，大凡肯虚心反省自己的过失，将来不再重蹈，成功的希望总是会有的。

不再犯同样的错误固然是好，动脑筋改正自己的错误更是重要，小如做菜，大如齐家、治国，其实都是一样的道理。

我初次的饺子皮是用温水和出来的。第二次便知道可以用冷水了，因为不是做蒸饺，是做水饺。

外国的蔬菜大半跟他们的人一般，硬邦邦的多，那么由我来以柔克刚像对荷西一样。再硬的粗脆包心菜，都给细细地切成碎末，再拿热水来煮软，然后找出一双清洁的麻纱袜子，将包心菜倒进去，挤掉水分，掺进碎肉里去。

玛丽莎坚持三岁的小孩吃猪肉太油腻，我便用牛肉馅，趁她不注意，给它混进了一大匙猪油，她竟也吃不出来，还说这个小肉牛又嫩又滑，吃起来一包香油呢！

开始时，我的饺子们是平平的，四周用叉子压压好，东一个西一个躺在满桌细细的干面粉上，如同一群沙滩上的月亮，有上弦月，也有下弦月。

再实验几次之后，它们站起来啦，一只只胖胖的，有若可爱的小白老鼠排着队去下锅。

擀面棍这个东西外国自然也有，可是我已习惯了用细长优美的长杯子做饺子皮，没有再去换它的必要，再说，用久了的东西，总多了一份感情。

一个多月的时光飞逝而去,玛丽莎和玛达已经从马德里来了两封好亲热的信,而我这个厨房里,也是春去秋来,变化很多,不消一个钟头,一百个热腾腾的饺子可以面不改色地马上上桌。连粗手粗脚的荷西,也能包出小老鼠来了,他还给它们用小豆子加眼睛,看了不忍心给丢下锅去烫死。

我的饺子,终于有了生命。

这个十字港游客那么多,我开始日日夜夜谱狂想曲,想用饺子把这些人荷包里的钱全骗过来——一个饺子二十块,十个饺子两百块,一百个饺子两千块……如果我一天做八小时,卖八小时,还有八小时可以数钱。

饺子这个东西,第一次吃可能没有滋味,第二次吃也不过如此,只要顾客肯吃第三次,那么他就如同吃了爱情的魔药,再也不能离开我的饺子摊了。

我不敢说全世界的人都会吃饺子吃上瘾,可是起码留大胡子的那一批,我是有把握的。

荷西每天望着空荡荡的电锅,幸福而又惊讶地叹道:"三毛,我们这两个南方人,都给饺子换了北方了的胃,可怕呀!"

天天说要去卖饺子,可也没有实现过。

以前荷西和我卖过一次鱼,小小受了一点教训,做梦的事,可以天花乱坠,真的要美梦变成钞票,还是需要大勇气和大牺牲的。

虽说钱是决心不用饺子去换了,可是我的手艺那么高明了,总还是希望表现一次,满足这小小的虚荣心。

机会终于来了,去年我在大加纳利岛上班的某国领事馆的老板给我来了一封信,说是她近日里要陪马德里来的总领事到丹纳丽芙来巡视一天，同来的还有几个总馆里的人，说想见我这半途脱逃的秘书呢。

她的信中又说，这一次来，完全是很轻松的观光，没有认真的西班牙官方的人要会面，问我丹纳丽芙有什么不气派而菜扎实的小饭店可以介绍大伙吃一餐。

这还用说吗！丹纳丽芙最好的馆子就开在我们家的阳台上嘛！名字叫"饺子大王"。

我一再地对荷西说："小子，你不要怕，这些人再怎么高贵，也挑剔不了我的饺子，何况我从前做秘书的那个月，打字错得自己都不认识，邮票把加洛斯国王倒过来贴，他们眼睛都不眨一下，是一群见过世面的人。这次招待他们，是我心甘情愿，顺便也证实一下，我这个人啊，是美食大师，当初做那个秘书，实在是大材小用，所以逃了，不是上司虐待了我。"

"你能吗？"荷西十分忧愁。

吃一顿饭又不是什么大事情。盲目的自夸自满只有愚人才会，展示自己的真本实力，便不应拿愚昧来做形容。我虽是谦虚的人，可是在给人吃饺子这件事上，还是有些骄傲的，毕竟我是一步一步摸索着才有今天的啊！

你看过这样美丽的景色吗？满布鲜花的阳台上，长长一个门板装出来的桌子，门上铺了淡橘色手绣出来滚着宽米色花边的桌布，桌上一瓶怒放的天堂鸟红花，天堂鸟的下面，一只只小白鹤似的饺子静静地安眠着。

这些饺子，有猪肉的，有牛肉的，有石斑鱼的，有明虾的，有水芹菜的，还有凉的甜红豆沙做的，光是馅便有不知多少种。

在形状上，它们有细长的，有微胖的，有绞花边的，有站的，有躺的。当然，我没有忘记在盘子的四周，放上一些青菜红萝卜来做点缀，红萝卜都刻成小朵玫瑰花。

当这些过去的上司们惊叹着拿着盘子绕长桌转圆圈的时候，我衣着清洁美丽地交臂靠在柱子上安然地微笑着。

"三毛，你实在太客气了，今天你为我所做的一切，我一生都会记住。"

我的顶头上司，那个美丽的妇人真诚地悄声谢我。

我呢，跑到洗手间去哈哈大笑起来。

我哪里是为谁做这些事情呢，我不过是在享受我的生命，拿饺子当玩具，扮了一桌童年时便梦想着的货真价实的家家酒罢了。

赤足天使——鞋子的故事
永远的夏娃之五

我们的朋友,开小饭店的亚当,在上个月意外地中了一张奖券,奖金大约是一百多万西币,折合台币五十多万的样子。

这个数目,在生活这么高的地方,要置产是不太可能,如果用来买买生活上的小东西,便是足足有余了。

在我碰到亚当的太太卡门时,我热烈地恭喜了她一番,最后很自然地问她:"你买了些什么新的东西吗?"

卡门非常愉快地拉我回家,向我展示了她一口气买下的二十八双新鞋子,我蹲下去细细地欣赏了一番,竟没有一双是我敢穿在脚上的,尤其可怕的是,她居然买了一双花格子布做的细跟高统长靴——真难为她找得到这么难看的东西。

我告辞了卡门出来,心里一想再想,一个多了一些金钱的人,在生活上,精神上,通往自由之路的理想应该更畅通些才是,她不用这些钱去享受生命,竟然买下了二十几双拘束自己双脚的东西回来,实在不明白这是出自什么心理。

其实我个人对鞋子一向亦是十分看重的,回忆起童年时代的生活,我常常搬了小板凳坐在阳光下,看家中老佣人替我纳鞋底,做新鞋,等不及地要她挑一块小花布做鞋面。

那时候,抗战已经胜利了,我们家住在南京鼓楼。一幢西式的大房子里,有前院有后院,还有一个停车的偏院。童年的生活,所记得的不外是玩耍的事情,玩耍又好似与奔跑总脱不开关系,虽然不过是三四岁吧,可是当年如何跨了大竹竿围着梧桐树骑竹马,如何在雪地里逃不及吃了堂哥一颗大雪弹,如何上家中假山采桑叶,又如何在后院被鹅追赶,这种种愉快的往事,全得感谢我脚下那双舒服的纯中国鞋子。

那时候我们家的孩子们,夏天穿的是碎布衬底,缝上鞋面,加上一条布绊扣横在脚面上,如同蚕豆瓣似的舒服布鞋。冬天的棉鞋便没有横绊扣,它们的形状是胖胖的如同元宝似的一种好玩的东西,穿着它好似踏进温暖的厚棉被似的,跑起路来却不觉得有什么重量。

记得有一年耶诞节,母亲给我穿上了一双硬邦邦的小皮鞋,我吃了一惊,如同被套了个硬壳子一般的不舒服,没有几天,新鲜的感觉过了,我仍是吵着要回旧布鞋来穿,还记得母亲叹了口气,温柔地对我说:"外面多少小孩子饭都没得吃,你们有皮鞋穿,还要嫌东嫌西地吵。"

到了台湾,大人背井离乡,在离乱的大时代里,丢弃了故乡一切的一切,想来在他们的内心是感触极深的。可是做孩子的我们,哪懂那些天高地厚的道理,当我从中兴轮上下来,进了台北建国北路那幢小小的日式房子,发觉每一个人都要脱鞋才能上榻榻米的地时,简直没将我高兴得发狂,跟着堂哥和姐姐尽情地又叫又跳,又低头看着自己完全释放的光脚丫，真是自由得心花怒放，又记得为了大家打赤足，堂哥竟乱叫着："解放了！解放了！"我们这些也跟着乱喊起解放来的小孩子还被大人打了一顿，喝叱着："以后再也不许讲这句话，再喊要打死！"天晓得我们只是为了光脚在高兴而已。

初进小学的时候，我姐姐是三年级，我是一年级。

我们班上的同学大部分不穿鞋子，这使我羡慕得不堪，每天下了课，打扫教室的时候，我便也把鞋袜脱了，放在书包里，一路滴滴答答地提着水桶泼进教室去玩。下课回家时，踏着煤渣路和鸡粪，一步一刺地慢慢走着，再怎么也不肯穿上鞋子，快到家之前，舒兰街的右边流着一条小河，我坐下来洗洗脚，用裙子擦擦干，这才穿上鞋袜，衣冠整齐地回到母亲面前去给她看。

小学生的日子，大半穿的是白球鞋，高小时比较知道爱美了，球鞋常常洗，洗清洁了还给涂上一种鞋粉，晒干了时，便雪也似的白亮，衬上白袜子，真是非常清洁美丽的，那时候我的鞋子就是这一种，上学的路也仍是那一条，小小的世界里，除了家庭、学校之外，任何事都没有接触。社会的繁华复杂，人生的变化、欢乐和苦痛都是小说里去看来的，我的生活，就像那双球鞋似的一片雪白。

球鞋也是布做的，布的东西接近大自然，穿着也舒适，后来不知为了什么，大家都改穿起皮鞋来了，连小孩子都逃不掉，如果我穿了球鞋出门，母亲便会说："新鞋子搁着不穿吗？再放着又要小了。"

我的回答照例千篇一律："新鞋磨脚呢！再说穿新鞋天一定下雨。"

少女时代的我是个非常寂寞的怪物，念书在家，生活局限在那一幢寂寂的日式房子的高墙里，很少出门，没有朋友，唯一的真快乐，就是埋头狂啃自己喜爱的书籍，那时候我自卑感很重，亲友间的聚会大半都不肯去。回想起来，在那一段没有身份也没有路走的黯淡时代里，竟想不起自己穿过什么式样什么颜色的鞋子，没有路的人，大概鞋子也没有什么用处了。

再想起我的鞋，已是十六岁了，那时候，我在顾福生老师的画室里开始学画，每星期去两次，因为遇见了这位改变我一生的恩师，我的生活慢慢地找到了光明和希望，朦朦胧胧的烟雾逐渐地散去，我的心也苏醒了似的快乐起来。

有一阵，母亲带我们去永和镇父亲的朋友郑伯伯的鞋厂里定做皮鞋，姐姐挑了黑皮的漆皮，那几年我一向穿得非常素暗，可以说是个铁灰色的女孩，可是，我那天竟看中了一块明亮柔和的淡玫瑰色的皮革，坚持要做一双红鞋。鞋子做好了，我踏着它向画室走去，心情好得竟想微笑起来，那是我第一双粗跟皮鞋，也是我从自己藏着的世界里甘心情愿地迈出来的第一步，直到现在回想起来，好似还在幽暗而寂寞的光线里神秘地发着温柔的霞光。

灰姑娘穿上了红鞋，一切都开始不同了。

因为顾老师给我的启发和帮助，我慢慢地认识了许多合得来的朋友，潜伏了多年的活泼的本性也跟着逐渐美丽的日子焕发起来。那时候，生活一日一日地复杂广阔，不知什么时候开始，我已成了一匹年轻的野马，在心灵的大草原上快活地奔驰起来，每天要出门时，竟会对着一大堆鞋子发愣，不知要穿哪一双才好。

那时候流行的鞋子都是尖头细跟的,并不自然,也不很美丽,可是它们有许多其他的用处,踢人、踩人都是很好的工具。又因为鞋跟一般都做得高,穿上了之后,总觉得自己长大了很多,在迫切渴望成长的年龄里,它给了我某种神秘的满足感,那已不是虚荣心可以解释的了。

我的凉鞋时代来得很晚,如果说木拖板也算某种形式的凉鞋,那便另当别论了。可是在记忆里,我从来没有穿木拖板上过街。总觉得将脚趾露出来是在海边和洗澡时才能做的事情。那时候的社会风气跟现在不同,越不接近大自然的装扮,越是一般地觉得好看,也可以说,当时的文明,是那个样子的。十八岁的时候,做了一件旗袍,上面扣着硬高领不能咽口水,下面三吋高跟鞋只能细步地走,可是大家都说好看,我那时傻得厉害,还特为去拍了一张照片留念。三吋高跟鞋一生也只穿了那么一年,以后又回到了白球鞋,原因是什么自己也不记得了,球鞋从那时候一直到现在,我都极爱穿。

在我进了华冈的校园里去做旁听生的时候,我的朋友强尼从远远的夏威夷给我寄来了一双美丽的淡咖啡色的凉鞋,收到那个包裹的时候,真是说不出有多么新鲜高兴,那时候市面上也有空花皮鞋卖了,可是完全平底,简直没有什么鞋面,只有两条简单皮革绕过的凉鞋,在那时的台北真是不多见,我在家里试穿着它们,乱动着完全释放的脚趾,那份自由的欢欣,竟像回到了儿时第一次在榻榻米上光脚跳上跳下的心情。第二天,我马上将它穿在脚上跑到学校去了。父亲在我放学回来时才看见我那副样子,他很愣了一会儿,最后才婉转地对我说:"你这种像打光脚一样的鞋子,还是不要穿了吧！别人会误会你是中山北路那些陪外国人的吧女呢！"

我听了父亲的话倒是改了一点，从那时候起，我上学总是穿件白衬衫，洗得泛白了的蓝卡其布裙，下面，还是那双凉鞋，就算别人先看我的脚，再一抬头看我的衣，两相印证一番，便错不到中山北路去了。

凉鞋真是自由的象征，我跟它相见恨晚，一见钟情，这样的东西踩在脚下，一个人的尊严和自由才真正流露了出来，人生自然的态度，生命的享受，竟然因为简简单单的脚下释放，给了我许多书本里得不到的启示。

当时，为了这份凉鞋的感动，我死命鼓励我的姐姐和大弟也来试试这种东西，大弟说得有趣，一个大男人，把脚趾露出来是多么难为情的事情，如果要他穿这种鞋子，他里面还是要加袜子。姐姐在当年是人人必争的淑女，更是不肯如我一般乱来，而今，她的孩子都上初中了，姐姐寄来的照片里，居然也是一双早年死也不肯穿的凉鞋，真是沧海桑田。这个世界变化得真快，我们还没有老，鞋子却打了好几十个圈子在流行了。

离家以后我一直不再穿什么高跟鞋，那种东西，只是放在架上，也许一年一度去听歌剧了，去参加别人的婚礼了，为了对他人的敬重和礼貌，我才勉强把自己放入那不合自然的鞋子里去忍耐几个小时。好在我这一生也只听过不到十次歌剧，婚礼吗，只有我自己那次，穿的是一双凉鞋，我是新娘，不必去敬重他人。

雪天来了，靴子又成了我的另一种经验，高高长统的马靴，总使我回忆起小时候那双黄色橡皮长统雨鞋，台风一过，小孩子们都穿了那种有趣的东西在巷子里蹚水。这甜蜜的回忆，使我天生地对马靴产生了好感。在德国，长靴不是时髦，它是生活的必需品，穿着它踏着厚厚的积雪去学校，在教室休息时，双脚往暖气管上一放，搁着烘干，跟同学们谈天说地，那份舒适，女皇来了也不换。

马靴不用来骑马，沙漠里的夜晚，竟也用得到它，靴子里插一把牛骨柄的小刀，外面长裙一盖，谁也看不出里面的乾坤来。动刀子我是不会，可是在荒野夜行的时候，那份安全感，就很不相同了。

今年夏天我照例从加纳利群岛飞了两千哩路去马德里看看朋友们，当年同住的女友全有了小娃娃，拖儿带女的，一派主妇风味，她们脚下的鞋子，却失去了风华，半高跟素面，说不出什么道理来，三个人一个样的鞋。

那几日大家不停地见面，在有限的时间里，恨不能说尽无限平凡生活的哀乐，说着说着话题绕到打扮上去了，这些女友们看我仍是一双凉鞋，就不甘心了，硬拖了我一家一家鞋店去逛，要我买下一双四周有东西围住的"鞋子"，我试了几次，实在不舒服，她们硬说好看，我无可奈何地买了一双，还是说了一句："在我们那群岛上，度假的气氛浓，每个人都悠悠闲闲的，这种鞋，跟当地气氛是不称的。"

鞋了买了，我穿了一次，就给丢在旅馆里了，平日仍是几根带子绑在脚上，大街小巷地去乱逛。

回家来了，荷西惊见我竟多了一双高跟鞋，大笑了起来，硬是叫我穿了陪他出去。这种东西，我给取了个名字，叫做"百步鞋"，走一步还可以，走十步已经不耐烦了，走百步必然大发脾气，只有将它们脱下来光脚走下去来得自在，我喜欢我的心灵和我的肉体都与世无争，鞋子决定我心情的宁静和舒泰，这是勉强不来的事。

我常常看见我的女友们在照片中穿着高跟鞋，我想，这是我与她们在社会上的身份不同而造成的差别，在这个社会上，尤其是办公室里的妇女，她们的衣着和打扮，不只是为着一己的舒适，也包括了对工作环境和他人的恭敬，也许有一天，这种观念会慢慢改变过来，舒适自然的打扮，其实才是对个人生命最大的认知和尊敬，那时候，踩一双平底凉鞋去参加鸡尾酒会大概也不会被人视为失礼了。

秋天来了，昨日清晨微微地下了一场怡人的小雨，我出门买菜时，已经脱线的凉鞋踩进一个小水塘里，鞋底泡了水，每走一步，它们便"吱呀"地响一声，我觉着好玩，快走了几步，它们又接连着响了好几声，我再想试试，在空旷无人的街道上狂跑起来，脚下的鞋，竟然不断地唱起歌来——吱呀！吱呀！吱呀！好有节拍的。我想，无论中不中奖券，脚下的凉鞋又得再买一双了。

后记

兰小春给我来信，说起夏日和她的小孩豆豆不喜穿鞋子，每给他上鞋，他可爱的小脚趾总是向里面拼命缩，努力争取赤足的自由，结论是——豆豆十分地乡土！

我真庆幸这世界上还有我的同好，祝小豆豆享受赤足天使的滋味一直到老。

亲不亲，故乡人
永远的夏娃之六

你看到的可不是我

去年冬天我的日本朋友莫里在此地滨海大道旁摆小摊子卖东西。我常常跑去看他，一同坐着晒太阳。

有一日我对莫里说："你知道吗，我在撒哈拉沙漠住着的时候，为了偷看当地人洗澡的风俗，差点没给捉去打死。后来有人怀疑到是我，我当然死也不承认，硬赖给你们日本人，嘿嘿，聪不聪明？"

莫里听我这么说，坏坏地抿嘴笑着，放下正在做的一条项链，向我伸出手来。

我虽不知他是什么居心，还是跳起来跟他重重地对握了一下，又问："你干吗？"

"呵呵！"

"什么意思？"我紧张了。

"这个……每当我在国外做了什么不太体面的事情时，偶尔也会变成中国人哩！"

我听了莫里这句话吃了一惊，出口骂了他一句："丑恶的日本人。"又往他坐着的木箱踢了一脚。

这时荷西也下工走了过来,我还在逼问莫里:"到底变了几次?说!"

莫里苦笑着向荷西求救,指指我,做出不能忍受的表情。

荷西慢吞吞地说:"中国人日本人有什么好赖的,要是换了我在做什么不太好的事情,我一定跟旁观的人说——嘘,注意!你看到的可不是我,你看到的是那个住在我左边公寓的那个叫做菲力的讨厌鬼。"

这一回轮到莫里和我笑得东倒西歪。

总不能老做日本人

政府明令开放观光的新闻传来时,我正安安静静地在给《皇冠》写一篇叫做《小路》的文章,一打开报纸,发现这条大新闻,只差没喜得昏了过去,那一个星期里我给父母亲涂去了近五封邮简,语无伦次。又给兰小春去了两次信叫她快存钱好背了小豆豆出来旅行,又写给很多朋友明信片,总而言之一句话——快来欧洲看看吧,人生几何!

因为父母来信首肯明年参加旅行团来欧,将在西班牙离团留下来跟荷西及我相聚一月,这个承诺又使我过度兴奋而严重失眠,整天不停地对荷西唠叨:"要是爸爸妈妈来了你表现不佳,当心我事后跟你拼命!"

这种心情维持了好多天,那篇正在写的《小路》也给去掉了,觉得它实在无关紧要。

这一阵中文报上提的总是出国旅游这件事，看到许多篇有关国人出国之后种种怪异行为的报导，我细细地看，慢慢地在脑子里印证，觉得报上写的事情句句属实，这勾起了我本身的新愁旧恨，再看某大报一位导游先生口述的《洋相大观》，使我惊出汗来，以为是自己在梦中说的，怎么跟那人讲的一色一样呢？

想到明年开始有那么多的同胞要顶着中国人的名字在世界各地参观游览，我在喜过之后反倒心乱如麻起来，镇日思潮起伏，极度的忧念和爱国情操混成一条浊流在我的心里冲激着，人却变得沉默不堪。每当与荷西对看时，我总是故作轻松地笑笑，一开口话题又绕着我过去对出国同胞的所闻所见讲个不完。

荷西见我如此忧心忡忡，很不以为然地说："人，是独立的，一个中国人不代表整体的中国人，你这么担心同胞在外的言行，就是变相地侮辱他们。"

"可是我是有根据的，我看过太多次像报上《洋相大观》里说的事情，天平一样公正的心，难道自己的同胞还会冤枉他们吗？"

"少数几个不算的。"荷西又说。

"整团的中国人，整团，听清楚了！"我叫了起来。

我在西班牙看过的国人考察团共有三次，单独来的朋友反而多，水准也好极了，可是让我永生难忘的同胞就是那些"团"，相处一次就够结结实实，荷西不在场，才会说出相反的话来。

"总不能老说自己是日本人吧！"我叹了口气。

"你怎么可以这么说自己的同胞？"荷西暴跳起来。

其实我是过分重视国家的荣辱才会有如此的忧念，在外旅行的团体不太可能跟当地人有更深一步的了解，别人对我们的印象也是浮面的。吃饭，行路，谈话，甚而脸上的表情，都可能是别人衡量我们的标准。我过去所见到的许许多多有辱国体的同胞行为如果不写出来觉得违背了自己的良知，这篇文字可能绝不讨好，连荷西这个看不懂中文的人都不高兴我写，我的同胞们看了又会有什么样的反应呢？

我们不是聋子

两年半以前我回国去探望父母，家人带我去饮早茶，走进那一幢挤得水泄不通的大餐厅，一阵乱哄哄的吵闹喧哗扑面而来，几乎将人袭倒。邻桌又坐了一群谈生意谈得拍桌对骂几乎大打出手的客人，在那样令人神经衰弱的噪音里我们全家默默地吃了一顿，彼此没法交谈一句。出来时在街上我生起气来，脸色僵僵的，父亲长叹一声对我说："不要气，如果这种事也要气，身体还可能健康吗？"

"这是消极的说法。"我大不以为然地说。

"咦，你要怎么样？在公共场所说话太大声的人难道抓去坐牢吗？"大弟说了。

"不安静不给他上菜。"我说。

全家笑得一塌糊涂，我的小侄女突然说："我们在幼稚园就是这样，谁吵就不给点心吃。"

这些事回想起来心里还是遗憾，进过幼稚园的人怎么都不上餐馆呢？

在国外，我一共跟三个旅行团体有过接触（那时候叫考察团），有的是间接的友人跟团来，有次是给拉去做零碎翻译，还有一次是国内工商界组团来，当时我尚在给一家商业杂志写稿，总编嘱我去旅馆看看写一篇访问。

旅馆的大厅本来是一个公共场所，偶尔大声说话并不犯法，可是同胞们一团总是二十多个人，大家目中无人地"喊话"，声量惊人，四星高级旅馆宁静的气氛因为同胞的入侵完全破坏，一些原先在看书或阅报的其他旅客在忍无可忍之下大半向我们轻蔑又愤怒地瞪了一眼无可奈何地离去。

有一回我实在是窘迫不下去了，非常小心地微笑着向几位中年同胞说："我们小声一点说话好吧？"这句话说出来我脸就先红了，觉得对人太不礼貌，可是听的人根本没有什么反应，他们的声量压过了我太多，虽然我的性情并不太温柔，可是总不能出手打人叫他们闭嘴吧！

大声谈话不是人格上的污点，绝对不是，可是在公共场所我们会变成不受欢迎的一群，所到之处人人侧目皱眉，这总不是我们所希望的吧！

为什么不有备而来

俗语说行万里路，读万卷书，旅行本是增长见闻最直接的吸收方法。现在的世界跟古代不同，有关各国风土人情、名胜古迹的资料多不胜数。我个人的旅行方法是先看书，看地图，大略了解了要去的国家是怎么个情形，然后再亲身去印证一番，我发觉用这种方法去行路比毫无概念地进入一个陌生国度乱闯的收获要多得多。

碰见过很多游遍欧洲再来到西班牙的同胞，交谈之下，他们所游所看的各国印象都很混淆，说不出什么有见地的感想，更有些人连地理位置都弄不清楚，这当然是因为奔波太烈，过分走马看花必然的结果。可是如果在家中稍稍念念书本再来，那么游览时间的不够消化是可以因为事先的充实预备而补足的。

亲耳听过国内带团来的先生将西班牙最著名的古城托莱多叫做"乡下"，在旅馆宣布："明天要去乡下旅行，参加的人请缴十五块美金。"

"乡下"是什么地方，离马德里有多少公里来回，有些什么古迹文化和背景，带队的人自己都说不清楚。

去了"乡下"回来的同胞在看过了大画家格里哥的故居名画，古城无与伦比美丽的建筑、彩陶、嵌金手工艺种种令人感动不已的景象之后，居然没有什么感想和反应。这情形令我讶异非常，我觉得这是导游的失职，他带领了他的羊群去了一片青草地，却不跟这群羊解释——这草丰美，应该多吃，可是羊也极可能回答牧羊人：我们要吃百货公司，不要吃草。

这只是我看见少数同胞对文化的无感，并不代表我所认识的其他知识分子，这是一定要声明的。很可惜知识和财富往往并不能两得，有家产的暴发户并不一定有家教，而出得起庞大旅费跟团来旅游的往往是这批人占大多数。

请你一定要给小账

我的两个间接又间接的朋友跟团来到马德里，这是一对年轻的夫妇，两人都在台做外销生意。他们一抵达旅馆便马上打电话给我，我一分钟都没有耽搁就坐车去了他们下榻的旅馆。

当我跟他们见面时，旅馆正在分配房间给这群同胞，头发已花白了的茶房将这对夫妇的两个大皮箱提进房间，有礼地平放在搁箱架上。这两个朋友就管跟我说话，无视于已经稍露窘迫垂手立在一旁等小账的人。

当时我想他们可能没有当地钱，所以很快地掏出钱来给了茶房并且谢了他一声。

"什么？还要给小账的，这种习惯不好。"那位太太马上说了。

"住进来提箱子给一次，搬出去提箱子再给一次，就好了。"我说。

"我们跟团来的，说好一切全包，这种额外的开销不能加的。"她不但没有谢我，反而有些怨怪我的口气。

我突然很讨厌这个说话的太太，入境随俗是天经地义的事，她如此固执，损失的何止是那几块钱小账。

我也是个节俭的人，婚后每年回马德里去一次，住同样的旅馆，里面工作的人总还记得我，原因很简单，我离开的时候总是给小账，连接线生都不忘记她，因为经常麻烦的人往往是这位小姐。小账一共加起来也不过几十块钱，换来的态度却是完全不同的。

坚持不付小账的同胞太多了，我们何苦在这件小事上被人轻慢呢。

大家来捏水果

我赴旅馆接两位太太去逛百货公司，在大厅里碰到其他几位同胞都要去，所以我们大群人就上街了。

途中经过一间小小的店铺，里面陈列了成箱成排鲜艳如画，彩色缤纷的各色水果。同胞们看了热烈地反应起来。

那位留着小胡子的胖老板好端端地在店里坐着，突然间闯进一群吱吱喳喳的客人，连彼此照个面的时间都没有，他的水果已经被十几双手拼命地又掐又捏又拎起来，无论是水蜜桃、杏子、梨还是西瓜都逃不过那一只只有经验的指甲。

这个老板好一会儿才回过神志，气得个发昏，大喊大叫地骂起山门来，我赶快跟他说："这些捏过的我们买，对不起，对不起！"

这位老板还是狂怒着，啪一下把同胞手里抱的一个甜瓜夺了过去，瞪眼大喊了一声："野蛮人！"

我听了这话也动了气，死命拉了同胞们离开，临走时对这老板说："您太过分了，对顾客是这样称呼的吗？"

他将玻璃门对我脸上重重地关过来，那一次真是灰头灰脸，大家都扫了兴。两位太太问我那个混蛋西班牙人骂我们什么丑话，我照实说了，她们也很硬，要再回去对骂，我做翻译的自然是不肯了——那位水果店的老板其实是在自卫，不能算太错，再说先发动攻击的是我们。

吃饭还是吵架

我替一个考察团做了一点点口头的翻译工作，有一次全团吃晚饭的时候便硬要拉我同去，我因见同胞实在是诚心诚意，盛情难却之下，便欣然答应了。

二楼餐厅并不是我们中国人包下来的，四周还有其他的客人在吃饭。那一夜不知为什么全体团员相处得非常和谐亲密，有人建议唱歌，大家附议，于是大合唱——《望春风》，一面拍手一面唱。

一个人，心里觉得愉快时喜欢唱一唱歌是自然的流露，即使在一个餐厅里拍手高唱都不是什么太失礼的事，虽然这是很天真的行为。

望过春风之后，坐在我很远的两个不认识的同胞大概是兴致太好了，他们哇一声同时跳叫起来，彼此甩着手臂暴喊着划起拳来。

这一番突然而来的声势就像爆炸似的骇惨了全餐厅的人，两位同胞涨红着脸叫来叫去，别人初初以为他们是在吵架，又见手臂不停地挥着，茶房们都紧张地聚了过来，等到他们发觉并不是什么争吵时，那份藐视又好笑的表情我一生一世都不会忘记。

猜拳是非常有趣的游戏，可是要看场合，闹酒更是在私人场合才可做的事。过了一会儿四周的客人纷纷结账而去，临去时厌恶地看着我们，有一个外籍客人的眼光跟我无意间碰到了，我石像似的跟他对着，四周猜拳的叫喊仍像放大龙炮似的起落着，这个人居然悄悄地对我做了一个很顽皮的鬼脸，我没有幽默感去反应他。在当时，因为过分窘迫，只觉得一切都像在梦境中似的不真实，几几乎要流下泪来，后来这顿饭怎么结束的都不太清楚，只记得临走时有一个同胞把桌上的烟灰缸摸到口袋里去。

在国外看同胞划拳也只有那一次，这实在是一次例外又例外的事情，所以记了下来。

我不是好欺负的

又碰过一种同胞，在外步步为营，总觉得外国人要欺生，觉得所有的人都有骗他的可能，一天到晚担心的事情便是怕吃亏，这种同胞因为心虚的缘故，所以往往露出架子十足，一副凛然不可侵犯的铜墙铁壁似的表情，望之令人生厌，他好似在对天下人宣告——本人不是好欺负的。好厉害的中国人啊！

有一个朋友单独来马德里，过分猜忌他人的心理已使这人成了一个不能快乐的怪物，任何一次付账，少到相当于台币一两百元的数目他都要一再地不放心地追问："是不是弄错了？会不会骗我们？你确定了吗？刚刚计程车有没有绕路？"

我因为那几日一再地被这朋友无止无休地盘算金钱所困，烦得顶了他一场，两人不欢而散。我呢，吃力不讨好，出钱出力出时间，落得是一场不愉快，这真叫伤感情。

在有些古老的高楼建筑里，电梯是只限三个人一起进去的，有一次我的同胞们因为言语不通，挤了四个人，门房看了赶上来阻止，起了一场争执，其中一位同胞气着对门房挥拳，指着人家的鼻子说："怎么，你看不起我，我揍你！"

我死命地解释，那个同胞不听，硬说门房看不起我们。我又解释，他冲着我来了，说我不爱国，我倒抽一口气硬是闭上了嘴。这四个人一涌都挤上了电梯露出了胜利的微笑。

愉快的时光

大伯父汉清先生及大伯母来西班牙时都已是七十多岁高龄的人了。那时我在沙漠，千里迢迢地飞回马德里去陪伴。这一对亲人在西班牙相聚的时光可说是一段极愉快的回忆。

我们共游了许多名胜古迹，最使我感动的还是他们对艺术的欣赏和好奇，伯父伯母不抢购洋货，不考究饮食，站在马德里西比留斯广场边，一句一句地谦虚地要我解释塑像、建筑、历史、渊源……在柏拉图美术馆里面，大伯父因为已是高龄，我讨了一把轮椅请他坐着，由伯母及我推着他一间一间慢慢地去欣赏。这一对中国人，竟然在西班牙大画家戈耶的一幅幅油画下面徘徊不忍离去。他们甚至并不冬烘，在国内还在为了裸体画是不是艺术而争论的今天，大伯父母特别欣赏的竟是《公爵夫人的裸像》。遇见那么多的同胞，数伯父的问题最多，他不停地发问，我不断地回答，西班牙死死板板的历史地理政治和民情一下子活了出来，这便是行万里路、读万卷书的秘密。当时我们下榻在一家普普通通的三星旅馆，不豪华不气派，可是我相信他们所得的见闻比国内许许多多来抢购西班牙皮货的同胞多得多。

有一位计程车司机对我说："你们东方人的谦和气度真使人感到舒适，请你翻译给两位老人家听。"

我伯父客气地回了他一句："四海一家，天涯比邻，只要人类还有一丝爱心存在，哪一国的人都是相同的。"

这样的对话我乐于传译，真是有着春风拂面似的感动和平。这样的同胞国内很多，怎么不多来一点呢！

第三类接触

我看过同胞在飞机上把光脚跷得老高，也看过大批渔船船员在飞机上硬要两人挤一个位子，更看过飞机正在起飞，同胞一等空中小姐查看完安全带马上站了起来跑到后排同伴扶手上去斜着。还有一次是一大群同胞看见别人叫酒，他们也乱叫，喝完了，空中小姐来收钱他们不付，说不知道原来是要付钱的，那一次惊动了全机的乘客，一场好戏。

两年前我与十六个同胞一起搭机由瑞士经香港回台，这些同胞是合约满了的远洋渔船的渔民，一路上大家表现都很好，不吵不闹，一行人中我是唯一的女性，他们也很客气，不爱吃的瑞士乳酪一律传来给我保存，这一路到了香港，当我们快要登上"中华"班机回台北时，一个外国中年旅客一不小心从下降的电动楼梯上绊了一跤，重重地一路滚下来，当时我就在靠楼梯下面的椅子上坐着，本能地一声惊呼，冲上去要接住这位绊跤的人，万万没有想到，我的同胞们看见别人绊倒，竟然不约而同地哄笑怪叫，甚而大力鼓掌，如同看马戏一般地兴奋起来。

我弯下腰去替那位旅客拾起了旅行袋，又拉了他的手肘问他："摔伤没有？你自己动动看？你还好吧？"这位旅客面红耳赤低声道谢而去，他后来也上了同班飞机去台北，请问他对我们中国人的第一印象如何？

我一定要说

我认识的一位西班牙朋友洛丽是一位极美丽而聪慧的西班牙女郎,她嫁的是中国丈夫,说的是一口许多中国人都及不上的京片子,去过台湾三次,师大国语中心的高材生。当她与我谈起台湾时眉飞色舞喜形于色,显见她对中国的深情。

有一天我们在一起吃饭,她突然说:"台湾只有一样事情我不能忍受。"我问她是什么,她说吃完饭才能讲,吃完饭我又问她,她说:"你猜。"

我很自然地回答她:"餐馆内的厕所。"

后来我们都不再讲了,因为彼此意见相同,不愿再恶心一次。

隐地先生写过一本《欧游随笔》,三年前隐地随团游欧数十天,在他的书里也曾提到一件类似的事情,同团的同胞在飞机上用了厕所不冲水,隐地接着进去看见黄金万两几乎将他骇昏,赶快替前一位同胞做善后工作,又庆幸跟着进去的人恰好是他而不是一个外国人,总算保住一点中国人的颜面。

我个人在大加纳利岛上 共看过四次同胞随地小便的情形,三次是站在渔船甲板上对着车水马龙的热闹码头洒水。另一次是在大街上,喝醉了,当街出丑。

我其实并未看清楚,每次都是荷西将我的脖子用力一扭,轻轻说:"别看,你的同胞在方便。"

"你怎么知道是中国渔船?"我也悄悄地问。

"国旗在那里飘呢！"荷西笑了。

他总是笑，我一对自己的同胞生气荷西就要笑："三毛，你真是荣辱共存呀！好严重呀！中国人真团结关心呀！"

这种地方我没有幽默感，一点也没有。

有一次我们家来了七八个同胞，其中我只认识一位，这些同胞坐了一小时左右，非常有礼地告别了，当我们送客上车再进屋来时，发觉地上许多脏水鞋印，一路由洗手间印到客厅的地毯上，我心思比荷西快了一步，抢先开了洗手间的门，低头一看——我老天爷！！液体横流。原来他们没有用抽水马桶，错把欧洲洗脚用的白瓷缸当做了代用品。

荷西不让我擦地，自己闷声不响地去提了一桶水和拖把进来，一面发怒一面骂："为什么？为什么？"

我听他怪我自己人，又反气了起来，无理地跟他对骂："在台湾，没有这种怪瓷缸，这就是为什么了。"

"他们刚刚上厕所不关门，我好怕你经过受窘，台湾厕所没有门的吗？"他又说。

"荷西，他们是渔船的船员，船上生活那么苦，举止当然不会太斯文，你——"

荷西见我傻起来了，便是笑让下去。

"好啦！荣辱共存又来啦！"总是如此结束争论。

我们只有一个共同的名字

写到这里荷西走了过来，又问我到底写了些什么，我说我写了一些心里不吐不快的真情,写了些我亲身见到的同胞在外的言行。

荷西又是不快,说:"你难道就不能写别的?"

"可是政府明令开放观光了。"

"你所见的只是极小部分的中国人呀!怎么这么写出来呢?"

"小部分也是我的同胞。"

"你不能回过去写那篇诗意盎然的《小路》吗?"

"不能,《小路》可以等,这篇不能等。"

爱之深,忧之切,我以上所写的事情在每一个民族里都可能发生,并不止是中国人,可是我流的不是其他民族的血液,我所最关心的仍是自己的同胞和国家。恳请我的故乡人在外旅行时自重自爱,入境随俗,基本的行仪礼貌千万不要太忽略。至于你会不会流利的外语,能不能正确地使用刀叉,是不是衣着时髦流行,反而是一些极次要的问题了——你看郎静山先生一袭布衣、一双布鞋环游世界,那份飘逸的美多么替中国人风光。

在国内也许你是你,我是我,在路上擦臂而过彼此一点感觉也没有,可是当我们离开了自己的家园时,请不要忘了,我们只有一个共同的名字——中国人。

浪迹天涯话买卖

自小以来最大的想望就是做个拾破烂的人，一直到现在都认为那是一份非常有趣而生动的职业。

小时候常常看见巷子里叫卖竹竿的推车，那个车子岂止是卖几根竹竿而已，它简直是把全套家家酒的美梦放在一个小孩子的面前。木屐、刷子、小板凳，卖到筛子、锅碗、洗衣板，什么样的宝贝都挤在那一台小车里，羡慕得我又迷上了这种行业。

后来早晚两次来的酱菜车又一度迷惑了我，吃是并不想吃，那一层层的变化对一个小人来说又是一番梦境，大人买，我便站在一边专心地一盘一碗的颜色去看它个够，那真叫缤纷。

念小学的时候常常拿用过的练习簿去路边的小铺子换橄榄，挤在一大群吱吱喳喳的同学里研究着那些玻璃瓶里红红绿绿的零食，又曾想过，就算不拾破烂，不卖竹竿，不贩酱菜，开这么一家杂食铺也算是不错的事情。

再后来迷上了中药房的气氛，看着那一墙的小抽屉一开又一开，变出来的全是不同的草根树皮，连带加上一个个又美又诗意的名字，我又换了念头，觉得在中药房深深的店堂里守着静静的岁月,磨着药材过一生也是一种不坏的生涯。

后来我懂得一个人离家去逛台北了,看见了形形色色的社会,更使我迷失了方向,一下想卖干货,一会儿想贩花布,还有一阵认真地想去庙里管那一格一格的签条——在我看来,它们都是极有趣的谜语。夏天来了,也曾想开个冰果店,红豆、绿豆、八宝、仙草、爱玉、杏仁、布丁、凤梨、木瓜、酸梅汤……给它来个大混卖。

总而言之,我喜欢的行业只有一个字可以形容,就是个"杂"。杂代表变化,变化代表一种美,美代表我追求的东西,至于它们哪一种比较赚钱我倒是没有想过。

小孩子的人生观是十分单纯的,无形的职业如医生、律师、作家、科学家这些事对我都太遥远,我看得见的就是眼前街上形形色色的店铺和生计,真是太好看了。

父亲常常说我是杂七杂八的人,看手相的人一看我的掌纹总是大吃一惊,兴奋得很,因为这么乱的掌纹他可以多盖好几小时。

童年到现在我从来不是个纯净而有定向的小孩,脑子里十分混乱古怪。父亲预言我到头来必然一事无成,这点他倒是讲中了。

离开台湾之前最爱做的事情之一,就是在冷冷的冬天大街小巷地漫游,有店看店,没店看街,没街便去翻垃圾,再有趣的娱乐也不过如此了。

那时候是十一年前的台北,记忆中没有几家百货公司,"南洋"是记得的,别家都没有印象了。就算是去过,也可能里面货色不多,不如小街小巷里的商店好看,所以说不出什么道理来。

初次离家时,傻瓜似的带了大批衣服——大概是预备一辈子

"爱用国货"下去。虽然穿的也是所谓洋装的东西，可是挤在西班牙同学里面总觉得自己异国风味得相当厉害，这份不同的情调使我心理上极度地没有归属感，是虚荣或者不是，自己也说不清楚。

当时父亲管我每月一百美金的生活费，缴六十美金给书院吃住，还有四十美金可以零花，那时西班牙生活程度低，四十美金跑跑百货公司足足有余，那时候一件真毛皮大衣也只需六十美金就可以买下一件了。

马德里有好几家极大极大的百货公司，衣食住行只差棺材没有卖，其他应有尽有，本该是个大开眼界的好地方，可惜当时的我青春过分，什么都不关心，下了课书本一丢，坐了地下车就往百货公司跑，进了电梯，走出来那一层必然是女装部，傻气得可以，却不知道青春少年本身便是光华，哪里需要衣服来衬托。

那一阵情歌队夜间老是到宿舍窗口下来唱歌，其中必有一支唱给那个名叫 Echo 的中国女孩，我自是被宠昏了头，浸在阳台的月色里沉醉。回忆起来我的浪漫和堕落便是如此开的头，少年清明的理想逐渐淡去，在迷迷糊糊的幸福里我成了一颗大千世界的浮尘。

青春的甜美和迷人而今回想起来仍然不能全然地否定，虽然我的确是个百货公司里的常客和俗人。跟百货公司结了缘也是那一年开始的。

其实小店仍有小店的气氛和美，可是为了贪图方便总是喜欢在百货公司里流连，在外离家的人一切都不踏实，对生命其他的追求也觉得很可笑，倒是单纯物质的欲望来得实实在在，这种事百货公司最能满足我的渴求和空虚。

以后我去了西柏林念语文，德国人凡事认真实在，生活的情调相对地失去了很多，我的课业重到好似天天被人用鞭子在背后追着打似的紧张，这使我非常的不快乐。时间永远不够用，睡觉吃饭乘车都觉得一个个生字在我后面咻咻地赶。那时学校在闹区最繁华的KURFURSTEDAMM大道的转角处，这条美丽的大道长三公里半，不但是商业的中心，也是艺术家们工作游乐的街头，在这条街上西柏林最大的数家百货公司差不多都是排着来的。

总是在上学的途中早一站下车，一面快步地赶路，一面往经过的百货公司里去绕路打转，每天上学进去逛一圈便是我唯一的娱乐了。

换了国家，换了生活程度，父亲涨了我五十美金的生活费，日子还是过得东倒西歪。每吃一次新鲜牛排总不知不觉地会写信回家去报告，母亲看得心酸，我却不太自觉，只等她航空寄来了牛肉干才骇了我一跳。

那时候我很需要钱，可是从来不去超支银行的存款，父亲说一百五十美金，我便照他的嘱咐去生活，百货公司天天去，都是眼睛吃吃冰淇淋，也就是说，纯吃茶式的。

有一日在报纸上看见一个很醒目的广告，征求一个美丽的东方女孩替法国珂蒂公司做香水广告，要拍照，也要现场去推销香水。当时我要钱心切，虽然知道自己并不合报上要求的标准，可是还是横着心寄了好多张彩色照片去，没想到那家公司竟然选中了我，给我相当四十美金一天的马克，在当时那是很高的薪水了，工作时间是十天，我一算可以赚四百美金，这一大笔金钱使我下定了去工作的决心，学校的课业先去向老师问了来，老师好意地说一天五小时的课，十天是缺课五十小时，这将来怎么可能赶上同学？我向她力争夜间可以拼命自修，我非要去赚这一笔大钱。

学校一弄好，我便去跑了好几家租戏装的仓库，租到一件墨绿色缎子，大水袖，镶淡紫色大宽襟，身前绣了大朵淡金色菊花的"东方衣服"，穿上以后倒有几分神秘的气氛，第一日拍了些照片，第二日叫我去上工，当我知道我要去抛头露面的地方竟是西柏林最大的"西方百货公司"时，我望着身上那件戏袍哭笑不得。我一定要去！四百美金是两个半月的生活费，父亲可以不再为我伏案这么久，光是这件事就一定不能退下来。

虽然我不必做店员的工作，而只需要站在香水部门向每一个顾客微笑，喷他们一些叫做什么米的象征东方神秘的新出品香水，可是第一天进百货公司，那个部门的负责人还是给我结结实实地上了一课，强悍的老太婆要我在一天之内记住所有百货公司货品的名称和柜台，每一层都不能弄错，加上当时是耶诞节之前，又加了大批耶诞货，这真使我急得要流下泪来，我说我只是来喷香水的，她说你在这儿就是公司的一分子，顾客问到你，你要什么都答得出来，天晓得当时我不过才学了不到三月的德文，尤其是工具方面的东西那是不可能在一天之内记得住的，她交给我电话簿似的一本货单便走了。

几小时的工作可以每四小时休息二十分钟，那时候我总是躲到洗手间去，脱下丝袜，把发肿的脚浸在冷水里。

照理说进入一个大如迷城似的百货公司去工作应是正合我意，可是那些五花八门美不胜收的一切东西就像一个陷阱，天天张着幽暗的大口等我落下去，我虽然虚荣，可是也知道我是失足不起的。

当我看见成千上万的顾客抱着彩色纸包装的大批货品出门，我的心竟然因为这份欠缺而疼痛起来。那么多穿着皮裘的高贵妇人来买昂贵的香水，我却为着一笔在她们看来微不足道的金钱在这儿做一场并不合我心意的好戏。那缺着的五十堂课像一块巨石般重重地压在胸口，白天站得腿已不是自己的了，夜间回去还得一面啃着黑面包一面读书至深夜，下工的时候哪怕骨头累得都快散了，那几块马克的计程车费总也舍不得掏出来，再渴再冷，公车的站牌下总是靠着捧着一本书的我。

生命有时候实在是一个玩笑。一个金钱和时间那么拮据的穷学生，竟在耶诞节之前被安置进一幢百货公司里去。

在那次累死人的经验之后，我了解了店员罚站的苦痛，也恨透了百货公司。当那一千六百块马克的支票拿到手时，我珍惜得连一双丝袜都舍不得买。赚钱的不易多少是懂得了一些，内心对父母的感激和歉疚却是更深更痛。那一阵我渴望快快念完学校出来做事，父亲夜深伏案的影像又清清楚楚地浮现出来——不能再拖累他了！

那次百货公司的工作，并不是我有生以来第一次赚钱，却是有生以来第一次那么珍惜地花钱。经过德国生活的磨练之后，我的本性被改掉了许多。至今父亲还说德国人有本事，他亲生的女儿在家里，想修改她一丝一毫都不可能，德国人在几个月之内就将她改成了另一副形象。

几年前我去撒哈拉沙漠，那一番渺茫的天地又给了我无边的启示，物质的欲望越来越淡，心境的清明却是一日亮似一日。以后虽然离了沙漠又回到繁华的社会里来，可是百货公司竟跟我失了缘分，就连普通的店铺都不再吸引我。

唯一没有使我改变的是童年的梦想，人是返老还童的，去年荷西远赴尼日利亚工作，一个人在海边住了快七八个月，那时候的我，最大的快乐就是在高高的天空下，在空旷的沙滩旁，拾我的漂流物和垃圾。

现在要是女友们邀我去逛百货公司，大半是拒绝的。理由是："那么多的东西，看得眼睛也塞住了。"别人总是奇怪："那不是很好吗？没有东西看叫什么百货公司呢？"我再对她们说："那么多货品的名字，你去背背看。"别人一头雾水，喃喃自语："奇怪，为什么要背呢？为什么……"

这几日因为荷西的家人来度假，我们开车上了高山，进入国家公园的松林里去，那日烟雾濛濛，四周白茫茫一片，大家惋惜得很，觉得白来了一场。我脱口而出："这样才好。"他们大为不解，扫兴嘛！"怎么还好呢？""这叫空无一物啊！"我很满意地叹了口气。

加纳利群岛是西班牙政府开放的自由港，重税进口的东西在这儿便宜得多了，家人们自然而然地涌进百货公司里去购物，我甘愿坐在外面街上的露天咖啡座等候。荷西的姐姐奇怪地说：

"这个人连百货公司都舍不得逛，怪女人一个呢。"

我照例答了一句："眼睛会堵住，太杂了。"

"你难道什么都不要？"又问。

我笑了笑摇摇头。真的太杂了，眼花缭乱好没意思。

百货公司虽然包括了人生种种不可或缺的生活用品，可是那儿的东西我真的不要了；不是"难道什么都不要"，我还是要的。可是我要的东西不在那儿，我现在经营的东西太大也太小了，大过百货公司，又小得一颗跳动的心就可装满。它们是什么我也说不出来，就让它成为一个我自己也不去猜测的谜吧！

故乡人

我们是替朋友的太太去上坟的。

朋友坐轮椅,到了墓园的大门口,汽车便不能开进去,我得先将朋友的轮椅从车厢内拖出来,打开,再用力将他移上椅子,然后慢慢地推着他。他的膝上放着一大束血红的玫瑰花,一边讲着闲话,一边往鲁丝的墓穴走去。

那时荷西在尼日利亚工作,我一个人住在岛上。

我的朋友尼哥拉斯死了妻子,每隔两星期便要我开车带了他去放花。

我也很喜欢去墓园,好似郊游一般。

那是一个很大的墓园,名字叫做——圣拉撒路。

拉撒路是圣经卜耶稣使他死而复活的那个信徒,墓园用这样的名字也是很合适的。

鲁丝生前是基督徒,那个公墓里特别围出了一个小院落,是给不同宗教信仰的外国死者安眠的。其他广大的地方,便全是西班牙人的了,因为在西班牙不是天主教的人很少。

在那个小小的隔离的院落里,有的死者睡公寓似的墓穴一层一层的，有的是睡一块土地。鲁丝便是住公寓。

在鲁丝安睡的左下方，躺着另外一个先去了的朋友加里，两个人又在做邻居。

每一次将尼哥拉斯推到他太太的面前时，他静坐在椅上，我便踮着脚，将大理石墓穴两边放着的花瓶拿下来，枯残的花梗要拿去很远的垃圾桶里丢掉，再将花瓶注满清水。这才跑回来，坐在别人的墓地边一枝一枝插花。

尼哥拉斯给我买花的钱很多，总是插满了两大瓶仍有剩下来的玫瑰。

于是我去找花瓶，在加里的穴前也给放上几朵。

那时候尼哥拉斯刚刚失去妻子没有几个星期，我不愿打扰他们相对静坐的亲密。放好了花，便留下他一个人，自己悄悄走开去了。

我在小院中轻轻放慢步子走着，一块一块的墓碑都去看看，也是很有趣的事情。

有一天，我在一块白色大理石光洁的墓地上，不是墓穴那种，念到了一个金色刻出来的中国名字——曾君雄之墓。

那片石头十分清洁、光滑，而且做得体面，我却突然一下动了怜悯之心，我不知不觉地蹲了下去，心中禁不住一阵默然。

——可怜无定河边骨，犹是春闺梦里人——曾先生，你怎么在这里，生前必是远洋渔船跟来的一个同胞吧！

你是我的同胞，有我在，就不会成为孤坟。

我拿出化妆纸来，细心地替这位不认识的同胞擦了一擦并没太多的灰尘的碑石，在他的旁边坐了下来。

尼哥拉斯仍是对着他的太太静坐着,头一直昂着看他太太的名字。

我轻轻走过去蹲在尼哥拉斯的轮子边,对他说:"刚刚看见一个中国人的坟,可不可以将鲁丝的花拿一朵分给他呢?"

我去拿了一朵玫瑰,尼哥拉斯说:"多拿几朵好啰!这位中国人也许没有亲人在这儿!"

我客气地仍是只拿了一朵,给它放在曾先生的名字旁。

我又陪着曾先生坐了一下,心中默默地对他说:"曾先生,我们虽然不认识,可是同样是一个故乡来的人,请安息吧。这朵花是送给你的,异乡寂寞,就算我代表你的亲人吧!

"如果来看鲁丝,必定顺便来看望你,做一个朋友吧!"

以后我又去过几次墓园,在曾先生安睡的地方,轻轻放下一朵花,陪伴他一会儿,才推着尼哥拉斯回去。

达尼埃回来了——尼哥拉斯在瑞士居住的男孩子。而卡蒂也加入了,她是尼哥拉斯再婚的妻子。

我们四个人去墓地便更热闹了些。

大家一面换花一边讲话,加里的坟当然也不会忘记。一摊一摊的花在那儿分,达尼埃自自然然地将曾先生的那份给了我。

那一阵曾先生一定快乐,因为总是有人纪念他。

后来我做了两度一个奇怪的梦,梦中曾先生的确是来谢我,可是看不清他的容貌。

他来谢我,我欢喜了一大场。

以后我离开了自己的房子,搬到另外一个岛上去居住,因为荷西在那边做工程。

曾先生的坟便没有再去探望的机会了。

当我写出这一段小小的故事来时，十分渴望曾君雄在台湾的亲属看到。他们必然因为路途遥远，不能替他扫墓而心有所失。

不久我又要回到曾先生埋骨的岛上居住，听说曾先生是高雄人，如果他的亲属有什么东西，想放在他的坟上给他，我是十分愿意代着去完成这份愿望的。

对于自己的同胞因为居住的地方那么偏远，接触的机会并不多，回想起来只有这一件小小的事情记录下来，也算是我的一份心意吧！

后记

上面这篇小文章是朋友、作家小民托付我要写的，为了赶稿，很快地交卷了。

这件事情，写完也忘记了，因为文短。

过了很久很久，快一年多了，我有事去《联合报》，在副刊室内碰到编辑曼伦，她说有人托她找一篇三毛去年在报上发表的短文。

曼伦翻遍了资料，找不到刊过这篇文章的事实。其实，它当时发表在《中华日报》上，并不在《联合报》。

"有人打电话来报社，说三毛写过一个在西班牙姓曾的中国人的事情，名字是他失踪了多年的兄弟，听说在西班牙失踪的，你有没有这个记忆？"曼伦问我。

我很快地将在西班牙认识的中国人都想了一遍，里面的确没有一个姓曾的。

我告诉曼伦,大概弄错了,没有姓曾的朋友,也没听说有什么在西班牙失踪的中国人。

没有想起这篇文章,他们在找的是一个失踪的兄弟,我完全没有联想。

过了不久,收到一封寄去报社转来的信,拆开来一看,里面赫然写着曾君雄的名字,当我看见这个全名出现了时,尖叫了起来:"他家属找的原来是这个人——他早死了呀!一九七二年还是七一年就死了呀!"

那封家属的信,是一九八〇年的五月收到的。

高雄来的信,曾先生的兄长和弟弟,要答谢我,要我去高雄讲演时见见面,要请我吃饭,因为我上了他们兄弟在海外的孤坟。

面对这样的一封信,我的心绪非常伤感,是不是我上面的文章,给他家人报了这个死亡的消息?是事实,可是他们心碎了。

见了面,我能说什么?那顿饭,曾家人诚心要请的,又如何吃得下去?

结果,我没有再跟他们联络。

去年夏天,一九八二年,我又回到加纳利群岛去。一个酷热的中午,我开车去了圣拉撒路公墓,在曾君雄先生的坟上,再放了一朵花,替他的大理石墓碑擦了一下。

今年,一九八三年的夏天,我又要重返那个岛屿,请曾君雄先生在高雄的家属一定放心,我去了,必然会代替曾家,去看望他。

人死不能复生,曾先生的家人,我们只有期望来世和亲人的重聚。那个墓，如果您们想以中国民间的习俗，叫我烧些纸钱，我可以由台湾带去，好使活着的人心安。

因为读者来信太多，曾家高雄的地址已找不到了，请看见这篇后记的南部朋友代为留意，如果有认识曾家的人，请写信到皇冠出版社来与我联络。谢谢！

上坟的事，不必再挂心了，我一定会去的。

五月花

五月一日

从北非加纳利群岛,飞到"塞内加尔"首都达喀尔,再飞西非尼日利亚,抵达拉各斯(Lagos)机场时已是夜间九点多了。

荷西在入境处接过我的行李小推车,开口就说:"怎么弄到现在才出来,别人早走光了。"

"大家乱推乱挤,赶死似的,我不会挤,自然落在最后。"擦着满脸的汗,大口地喘着气。

"以为你不来了呢!"

"黄热病应该打了十天才生效,没小心,第七天就跑来了,不给入境,要送人回去,求得只差没跪下来,还被送到机场那个挂着大花布帘的小房间里去骂了半天,才放了。"

"为什么不早打?"怪我似的问着。

"哪来的时间?机票九天前收到的,马上飞去马德里弄签证,四千五百里,一天来回,接着就是黄皮书啦,银行啦,房子过户啦这些事情在瞎忙,行李是今天早晨上飞机之前才丢进去的,什么黄热病几天生效,谁还留意到。"

这不知是结婚以来第几次与荷西小别,又在机场相聚,竟是一次不如一次罗曼蒂克,老夫老妻,见面说的竟都是生活的琐事,奇怪的是,也不觉得情感比以前淡薄,只是形式已变了很多。

机场外没有什么人,只有三五个卖东西的小贩点着煤油灯在做生意,雨稀稀落落地下着,打在身上好似撒豆子似的重,夜色朦胧里,一片陌生的土地静静地对着疲倦万分的我,汗,如水似的流入颈子里。那么,我这是在西非了,在赤道上了,又一个新的世界。

"有车吗?"问荷西。

他推着行李往停车场走去,远远一辆TOYOTA中型车孤零零地停着。

还没到车边,早有一个瘦高穿大花衬衫的黑人迎了上来。

"司机,这是我太太。"荷西对那人说。

那人放下行李,弯下了腰,对我说着英语:"欢迎你,夫人。"

我伸出手来与他握了一握,问说:"叫什么名字?"

"司机——克里司多巴。"

"谢谢你!"说着自己拉开了车门爬上了高高的车厢。

"机场离宿舍远吗?"问荷西。

"不远。"

"路易呢,怎么不见他来?"又问。

"在宿舍里闷着。"

车子开动了,雨也逐渐大了起来,只见路边的灯火,在雨里温暖而黯淡地闪烁着,雨越下越大,终于成了一道水帘,便什么也看不清了。

"为什么要我来,不是再一个月就有假回去了?"我仰靠在座位上,叹了口气。

"马德里弄签证有问题吗?"荷西有意不回答我的问话,顾左右而言他。

"没麻烦,只等了四小时,当天晚上就搭机回加纳利了。"

"他们对你特别的,普通总要等三四天。"

"我说,是加纳利岛去的乡下人,很怕大城市,请快弄给我,他们就弄了。"笑了起来。

"四小时就在使馆等?"

"没有,跑出去看了个画展,才又回去拿签证的。"

"没碰见我家里人?"

我不响,望着窗外。

"没带礼物,怎么有脸回去。"轻轻地说。

"碰到了?"他担心地又问。

"运气不好,在机场给你姐夫一头撞见,只差一点要上机了。"我苦笑一下。

"他怎么说?"荷西很紧张。

"我先抱歉的,解释得半死,什么脊椎痛啦,要赶回去啦,没礼物啦,人太累啦,结果……唉……"

"结果还是弄僵了。"他拍了一下膝盖。

"是。"我叹了口气。

两人都不说话,空气又闷又热又湿,顾不得雨,打开了车窗。

"你走了三个月,我倒躺了两个月,坐骨神经痛到整个左腿,走路都弯着腰拐着走,开车子呢,后面就垫着硬书撑背,光是医生就看了不知多少趟，片子照了六张，这种情形之下，还在旅行，清早飞马德里，中午才到，跳进计程车赶到使馆已经快一点了，当天五点一刻的飞机又要赶回加纳利群岛，你说，哪来的时间回去？难道做客似的去打个转？他们不是更不高兴，不如不通知了。"

"随你吧！"荷西沉沉地说，显然不悦。

"一个人住在那个岛上，你家里人也没来信问过我死活，写了四次信给你大姐、二姐、三姐、小妹，公婆更不用说了，他们回过没有？叫过我回去没有？"

"我说了什么惹出你那么一大堆牢骚来？"他就是不给人理由，这家庭问题是盒不安全火柴，最好不要随便去擦它吧！

车子静静地滑过高速公路，司机越开越快，越开越疯，看看码表，他开到一百四十，明明是单线道，不时有车灯从正面撞上来，两车一闪，又滑过了，路上行人乱穿公路，鸡飞狗跳。

"克里司多巴，慢慢开！"我拍拍司机的肩，他果然慢了下来，再一看，他正把车开上安全岛，横转到对面的路上去，前面明明有岔口可以转道，他却不如此做。

车子跳过安全岛，掉入一个大水坑里去，再跳出来，我弹上车顶，跌落在位子上，又弹上去，再要落下来时，看见路边一个行人居然在抢路。"当心！"我失声叫了起来，司机骂着，加速去压死这个人，那人沾了满头满身的污水，两人隔着窗，挥拳，死命地骂来骂去，司机推门要下去打，我拉住他，大喝着："好啦！你也不对。"

这才又上路疯狂大赛车起来。

回身细看荷西，三个月不见，瘦了很多，穿了一件格子衬衫，一条白短裤,脚上穿着我托路易给他带来的新凉鞋,上面一双齐膝的白袜子,一副殖民地白人的装扮,手指缠着纱布,眼睛茫茫地望着前方。

"工作多吗?"温柔地摸摸他的手指。

"还好。"简短地说。

"上月路易说,你们一天做十四小时以上,没有加班费,是真的?"

"嘿,有时候还十八小时呢!"冷笑着。

"明天几点?"担心地问着。

"五点半起床。"

"今天休息了吗?"

"今天十二小时,为了接你,早了两小时收工。"

"今天是星期天啊!"我惊奇地说,荷西狠狠地望着我,好似跟我有仇似的一句话也不答。

公路跑完了,车子往泥巴路上转进去,路旁的房子倒都是大气派的洋房,只是这条路,像落了几千发的炮弹一样千疮百孔。

我无暇再想什么,双手捉住前座,痛了两月的脊椎,要咬着牙才不叫出来,汗又开始流满了全身,荷西死气沉沉坐在一旁,任着车子把人像个空瓶子似的乱抛,无视这狼狈的一刻。

过了十七八个弯,丛林在雨里,像黑森森的海浪一样,一波一波地漫涌上来。

"宿舍不是在城里?"我问。

"这幢房子,租金合两千美金,城里价钱更不可能了。"

"常下雨吗?"擦着汗问着。

"正是雨季呢,你运气好,不然更热。"

"这么大的雨吗?"把手伸出去试试。

"比这大几千倍,总是大雷雨,夹着闪电。"

到了一幢大房子前面,铁门关着,司机大按喇叭,一个穿白袍子的黑人奔出来开门,车子直接开入车库去。

"进去吧,行李有人拿。"荷西说。

我冒着雨,穿过泥泞的院子,往亮着灯光的房子跑去,大落地窗后面,路易正扠着手望着我,门都不拉一下。

"路易。"我招呼着他,他笑了笑,也不说话,这儿的人全是神经兮兮的,荷西是一个,认识了三年的路易,沙漠的老同事,又是一个。

"三毛,这是守夜的伊底斯。"荷西也进来了。

"你好,谢谢你!"我上去与他握手,请他把行李就放在客厅里。

"哪,太太的信。"打开手提包,把信递给路易,他一接,低头走了,谢都没谢。

客厅很大很大,有一张漆成黑色的大圆桌,配了一大批深红假丝绒的吃饭椅,另外就是四张单人沙发,咖啡、灰色、深红、米色,颜色形式都不相同,好似旧货摊里凑来的东西,四壁漆着深黄色,桃红夹着翠蓝的绞花窗帘重沉沉地挂满了有窗的地方。

这么热的天,那么重的颜色,灯光却濛濛的一片昏黄。

"运气好,今天有电,夜里不会睡不着。"荷西说。

"冷气修好了?"想起他信上说的事。

"平日也没什么用,这是一个新区,电总是不来的时候多。"

"我们的房间呢?"

荷西打开客厅另一道门,走出去是一个内院,铺了水泥地,上面做了个木架子,竟然挂着不少盆景。

"你弄的?"我笑问着他。

"还会有谁弄这个,除了我。"他苦笑了一下。

"这间是我们的,后面那间是汉斯和英格的,对面架子那边路易住,就这么三间。"

"浴室呢?"我担心地问。

"各人分开。"

我大大地松了口气。

推门进房间,有七八个榻榻米大,里面放着一个中型的单人床,挂着帐子,有一个壁柜,一张椅子,好几个大竹筒做的灯,或吊,或站,点缀得房间稍有几分雅气。

"你做的灯?好看!"静静地笑望着他。

他点点头,这才上来抱住我,就不松手了,头埋在我颈子后面,推开他来一看,眼圈竟是湿了,我叹了口气,研究性地看着他,然后摸摸他的头发,对他说:"去厨房找些喝的来,渴了。"

再出客厅,路易双手捧头,坐在沙发上,太太的信,儿子的照片丢在地上。

"喂,你儿子的照片是我拍的,不错吧!"

他抬起头来,看着我,又是一个眼睛红红的男人。

"嗳,不是上个月才请假回去过吗?"我也不劝他了,往厨房走去。

荷西不在倒什么饮料给我,他正在切一大块牛肉下锅。

"做什么,你?"

"做晚饭。"

"你们还没吃啊,都快十二点了。"我惊呼起来。

"等你。"

"我飞机上吃过了,让我来吧,你出去。"

马上接下了工作,在厨房里动手做起饭来,牛排先搬出去给他们吃,又去拌了一盘生菜。

"吃得不错嘛!"在饭桌旁我坐下来,看他们狼吞虎咽地吃着。

"嘿嘿!努力加餐吧,再过四天,又得吃面包牛油撒白糖了。"路易用力切了一块肉。

"为什么?"

"汉斯跟英格德国回来,这就完了。"

"不是有厨子吗?"

"做半天,我们中午不回来吃,晚上英格不做饭,他们自己七点多钟开小伙先吃,我们十点多回来,没有菜,切块牛排自己煮,就说要扣薪水,肉是不给人吃的。"

"不是有四百美金伙食费?公司又不是汉斯一个人的?"我问。

"谁要你跟他们住在一起,他是老板之一,英格当然赚伙食钱嘛!"路易又说。

"老板娘?"

"没结婚,同居的,架子倒摆得像——"

"啧——"荷西听烦了,瞪了路易一眼。

"怎么,你君子,你不讲,还不让人讲。"路易一拍桌子叫了起来,火气都大得不得了。

"好啦!神经!"我喝住了路易,总算住嘴了。

"你们吃,我去洗澡。"

留下两个阴阳怪气的人,心里莫名其妙地烦躁起来。

洗完澡出来,荷西正在替我开行李,挂衣服,身上居然换了我的一条牛仔裤空荡荡的,我噗的一下笑了出来,再一想,这不对,正色地问他:"三个月,瘦了多少?"

"没磅,八九公斤吧!"

"你疯了!三个月瘦那么多。"

"要怎么胖,疟疾才两天,杜鲁医生逼着一天吃了几十颗药,乱打针,第三天就给叫下水,手指割得骨头都看见了,纱布包一包,又做工,三个月,捞了七条沉船——"

"你老板是疯子,你是傻瓜加白痴。"我的愤怒一下子冲了上来。

"路易没有你瘦。"又说。

"他来了一个月,就请假回去,他会耍赖,我不会耍赖。"

"你不会慢慢做。"又吼他。

"合同有限期的,慢做老板死了。"他苦笑了一下。

"薪水付了多少?按时付吗?"

荷西被我这一问,就不响了,去放帐子。

"喂!"

还是不响。

"付了多少嘛!"我不耐烦起来。

"半个月,一千美金,还付的是此地钱'奈拉',给你买了机票,就没剩多少了。"

"什么!"我叫了起来。

"信上为什么不讲?"又叫。

"你要吵架?"荷西把衣架一丢,预备大吵的样子,我瞪了他一眼,忍住不再说下去。

回浴室去梳头发,挂好浴巾出来,荷西已经睡下了。

"怎么不发薪水呢?"又忍不住轻问了一声,他闭着眼睛不理。

"公司没钱吗?"

"不是。"

"七条沉船可以赚多少?"

"你想想看,废铁,里面的矿砂,再加工程费,是几千万?"

"那为什么不付薪水呢?你没要过?"

"要过了,要过了,要得快死了,说说会发的,拖到现在也没发,汉斯倒度假走了。"

"你太好说话了,荷西。"我又开始发作起来。

"三毛,求求你好不好,明天五点半要起床,你不看现在几点了?"

我不再说话,熄了灯,爬上床去。

"荷西,床太软了。"在黑暗中忍了一下,还是说了。

"将就一下吧!"

"我背痛,不能睡软床。"又委屈说了一句。

"三毛,不要吵啦!"荷西累得半死的声音沉沉地传来,我叹了口气,把双手垫在腰下,又躺了下去。

过了一会儿,又说:"荷西,冷气太吵了,火车似的。"

"是旧的,当然吵。"没好气地说。

"我睡不着。"

荷西唬一下跳起来，揭开帐子，啪的一下关了冷气，又气呼呼地丢上床，过了几分钟，房里马上热得蒸笼似的，我又爬起来开了冷气。

在黑暗中被轰轰地炸到快天亮，才阖了一下眼。

五月二日

早晨醒来已是十点多钟，荷西不在了，窗外哗哗地下着大雨，室内一片昏暗，想开灯，才发觉电停了。

厨房里吱吱喳喳有人说话的声音，穿好衣服走出去，看见黑人一高一矮，两个正在厨房吃东西喝啤酒，冰箱门就大开着。

我站住了，他们突然停住了说话，一起弯下身来，对我说："夫人，欢迎你！"

"你们是谁？"我微笑着问。

"厨子""工人"，两人一同回答。

"叫什么名字？"

"约翰！"

"彼得！"

"好，继续工作吧！"我走上去把冰箱门轻轻关上，就走了开去，背后毛森森的，觉得四只眼睛正瞪着我估价——这个女人管得管不住人。

一向没有要别人帮忙做事的习惯，铺好床，挂好帐子，洗了浴缸，把荷西的脏衣服泡进肥皂水里，再理了理大衣柜，一本"工作日记"被我翻了出来。

从荷西第一天抵达拉各斯开始，每一日都记得清清楚楚——几时上工、几时下工、工作性质、进度、困难、消耗的材料、需要补充的工具、承包公司传来的便条、黑人助手的工作态度、沉船的情形、打捞的草图、预计的时限——再完美不过的一本工作报告。这就是荷西可爱的地方。

翻到两页空白，上面只写了几个字："初期疟疾，病假两日。"

下面一笔陌生的字，用西班牙文写着："药费自理，病假期间，薪水扣除。"

再翻翻，星期天从来没有休息过。

叹了口气，把这本厚厚的日记摔回柜子里去，厨子正在轻叩房门。

"什么事？"

"请问中午吃什么？"

"过去你做什么？"我沉吟了一会儿。

"做汉斯先生和英格夫人的中饭。"

"好，一样做吧，我吃得不多，要蔬菜。"

厨子走了，推门走进路易的卧室，工人正在抽路易的烟，人斜靠在床上翻一本杂志。

"厨房地太脏了，打扫完这间，去洗地，你叫彼得是不是？"我问他。

他点点头。

"荷西先生说，他前天晒的衬衫少了一件，你看见没有？淡蓝色的。"

"我没拿。"他木然地摇摇头。

再走进厨房去一看,厨子正把一块半冻着的肉,在洗过碗的脏水里泡。

"水要换。"过去拎出肉来,放在桌上。

吃过了一顿看上去颜色很调和的中饭,把盘子搬回厨房去,这两人正在开鱼罐头夹面包吃。

过了好一会儿,两个劳莱哈台又出现在我面前,说:"夫人,我们走了。"

我去厨房看了一看,抹布堆了一堆,发出酸味,地是擦了,水汪汪的一片,垃圾全在一个竹篮里面,苍蝇成群地飞,两只长得像小猪似的黑狗也在掏垃圾,墙角一只手肘长的蜥蜴顶着个鲜红的小尖头呆望着我。

"来,每个人十个奈拉。"我分了两张钱。(这约合七百台币每个人,上次写错了,说是七十块台币。)

"从今天起,香烟不要拿,衣服不要拿,食物要拿,先得问,知道吗?"和气地对他们说。他们弯身谢了又谢,走了。

十个奈拉,在这个什么都昂贵的国家里是没什么用的。

电仍不来,担心着冰箱里的食物,不时跑去看,天热得火似的。

这幢房子全是小格子的铁门铁窗槛,治安听说极不好,人竟把自己锁在笼子里了。窗外微雨不断,几棵不知名的瘦树,高高的,孤单单地长在路边,好似一只只大鸵鸟一般,右边的丛林,密不可当,冒着一股雾气,细细碎碎的植物纠缠不清,没有大森林的气派,更谈不上什么风华,蓬头垢面地塞了一海的绿。

总算雨停了，去院里走了一下，踏了满鞋的泥水，院内野草东一堆西一堆，还丢了好些造房子用剩的砖块，一条灰黑色、肚皮银白的蛇，慢慢地游进水沟里去，对面人家空着，没人住，再望过去，几个黑女人半裸着上身，坐在一张湿席子上，正在编细辫子，右鼻孔上穿了一个金色的环，乳房像干了的小口袋一般长长地垂在腰下，都是很瘦的女人。

脊椎痛，来了热带，居然好了很多，走路也不痛不拐了。

夜来了找出蜡烛，点了四根，室内静悄悄地闷热，伊底斯拎了一把大弯刀，卷了一条草席，在房门口蹲了下来。

好似等了一世纪那么长，荷西和路易才回来，浑身脏得像鬼似的，两人马上去洗澡洗头，我忙着开饭，再跟荷西不愉快，看见他回来，心里总是不知怎的欢喜起来。

"天啊！这才是人过的日子。"

两个男人吃着热菜，满足地叹着气，我笑着去洗澡了。

真可怜！吃一顿好菜高兴成那副样子，人生不过如此吗？

刚刚泡进水里，就听见外面车声人声，伊底斯奔跑着去拉铁门，接着一片喧哗，一个女人大声呼喝着狗，荷西也同时冲进浴室来。

"快出来，尼国老板娘来了。"

"这么晚了？"我慢吞吞地问。

"人家特意来看你，快，啧！"他紧张得要死，更令我不乐。

"告诉她，我睡下了。"还慢慢地泼着水。

"三毛，求你好不好？"说完又飞奔出去了。

到底是出来了，梳了头，穿了一件大白袍子，涂了淡淡的口红,一步跨进客厅,一个黑女人夸张地奔过来,紧紧地抱住我,叫着:"亲爱的,叫人好等啊!"

就在这一刻,电突然来了,冷气马上轰的一下响了起来,客厅灯火通明,竟似舞台剧一般有灯光,有配乐,配合着女主角出场。

"你一来,光明也来了,杜鲁夫人。"我推开她一点,笑着打量着她,她也正上下看着我。

她,三十多岁,一件淡紫缀银片的长礼服拖地,金色长耳环塞肩,脚蹬四吋镂空白皮鞋,头发竖立,编成数十条细辫子,有若蛇发美人,一派非洲风味,双目炯炯有神,含威不怒,脸上荡着笑,却不使人觉得亲切,英语说得极好,一看便是个精明能干的女人,只是还不到炉火纯青,迎接人的方式,显得造作矫情。

她一把拉了我坐在饭桌边,开始问话:"住多久?"笑盈盈的。

"一个月吧!"

"习不习惯?"

我笑着不答,才来两天,怎么个惯法?

她笑着望我,又歪头看荷西,这才说:"来了就好,你先生啊,想你想得厉害,工作都不做了,这会儿,太太在宿舍,他不会分心了。"

荷西奇怪地看了一眼杜鲁夫人,她在胡说什么,大概自己也不知道,稀里哗啦的。

这情景倒使我联想到《红楼梦》里,黛玉初进贾府,王熙凤出场时的架势,不禁暗自笑了起来。

"工人怎么样?"她突然转了话题问我。

工人怎么样她应该比我清楚。

"要催着做，不看就差些了。"想了一下，告诉她。

"什么！"她叫了起来，好像失火了一样，两副长耳环叮叮地晃。

"你们这些人，就是太人道了，对待这种黑鬼，就是要凶，要严，他们没有心肝的，知不知道。"她一拍桌子，又加重语气。

她忘了，她也是黑的，不过是黑色镶了金子银子而已。

"还偷东西吗？"关心地问着荷西和路易。

早知道他们偷的，何苦再来问，我们苦笑着，不承认也不否认。

"这种偷儿，放在家里也是不妥当，我看——"

说了一半，窸窸窣窣地在皮包里数钱，数了一百二十奈拉，往桌上平平一铺，对我看着。

"哪！这是一百二十奈拉，厨子工人一人六十奈拉，是上月份的薪水，明天你叫他们走，知道吗？说杜鲁夫人说的，不要再做了。"

"我不能辞他们。"我马上抗议起来。

"你不辞，谁辞？你现在是这宿舍的女主人，难道还得我明天老远赶来？"

"再留几天，请到新的人再叫他们走好了。"

荷西说着，面有不忍之色。

"杜鲁夫人——"我困难地说，不肯收钱。

"不要怕，对他们说，有麻烦，来找我，你只管辞好了。"

"可是——"我再要说，她一抬手，看看表，惊呼一声："太晚啦！得走了！"

接着蹬着高跟鞋风也似的走了出去，还没到院门，就大叫着：

"司机，开门，我们回去！"

车声溅着泥水呼啸而去。一如来时的声势。

"嘘——"我对着荷西和路易大大地吐了口气。

"哼，六十奈拉一个月，坐公共汽车转两次，再走四十五分钟泥路进来，车费一个月是廿四奈拉，还剩卅六个奈拉，一斤米是一个奈拉六十个各贝（各贝也叫考包，尼日利亚货币），你们说，叫人怎么活？厨子还有老婆和三个孩子——"我摇着头数着那几张纸。

"他们平常都吃一顿的，面包泡水撒些盐。"

"他们怎么能不偷——"

"她早就知道这两个人偷吃，现在突然来退了。"路易奇怪不解地说。我格格地笑了起来。

"这是戏，傻瓜，荷西太太来了，闲着白吃白住，不甘心，来派工作省钱啦！"我说着。

"可是讲好是公司配家属宿舍的，现在大家挤在一起，她还叫你来做打杂？"荷西说。

"没关系，一个月满了本人就走，嘿嘿！"

"汉斯、英格再两天要回来了，事情会很多。"

"再说吧！"我还有什么好说的。

夜间睡到一半，雨又排山倒海地倾了下来，像要把这世界溺没一般。

五月三日

工人和厨子听见我辞他们,呆住了,僵立着,好似要流泪一般苦着脸,也不说一句话。

"再找事,不要灰心,总会有的。"我柔声地劝着。

想到去年一整年荷西失业时的心情,竟再也说不出安慰的话来。

"这个——给你们。"我指着一小箱沙丁鱼罐头对他们说。

看见他们慢慢走开去的背影,竟没有心情给自己弄饭吃。

我来,反而害得两个工人失了职业。

下午正在拖地,杜鲁医生没有敲门,就直直地进来了,一抬头,吓了一跳,好没礼貌的人。

一来,把公事包一丢,斜斜靠坐在沙发上,一只腿就搁在扶手边晃。

穿着雪白的衬衫,红领带,肤色淡黑,可以说算得上英俊,自大的神气,反而衬出了内在的自卑,他是极不亲切的,才开口,就说:"拿罐冰啤酒来好吗?"完全叫佣人的口气。

问了些不着边际的话,站起来要走,临走好似想起什么地说:"你在这里的伙食费——怎么算?房间钱是荷西分内扣的。"

"我吃什么会记账。"我干涩地说。

"那好,那好……"

"明天汉斯回来,叫荷西下工早一点,去机场接,再说——港口那条沉船估价了没有？"

"工程上的事我是不知道的。"

"啧——"他踩了一下脚，再见也没说，掉头走了。

尼国方面的两个老板，总算见识过了。

给路易的床去铺了，脏衣服找出来洗，床单成了灰色，也给泡在浴缸里，想到明天汉斯他们要回来，又提水去擦了他们房间的地，脊椎隐隐又痛，没敢再做什么，便去厨房预备晚餐，又是盼到天黑透了，人才回来。

已经预备睡了，路易突然来敲门，隔着门问他："什么事？"

"你为什么泡了我的被单？"语气十分不悦，我听了匆匆披衣去开门。

"你的被单是灰色的，知不知道？"我没好气地说。

"现在叫我睡什么？床垫子是褪色的，一流汗，就褪红红的颜色。"他完全没有感激的口气，反而怪上门来，真恨死自己多事。

"真抱歉，将就一夜吧！"

"以后早晨洗，晚上就干了嘛！"他还在抱怨。

"天下雨你没看见！"我双手一抔也凶起他来。

"好了，我让你，好了，好了吧？"路易双手做出投降的样子，转身走了。

"神经！"把门砰一下关上，骂了他一句。

荷西躺在床上想事情，过了一会儿，突然轻轻问我："上次——托路易带了芒果回去，他给了你几个？"

"五个，都烂了的嘛，还问。"

"才五个？"荷西睁大了眼睛不相信地又问。

"买了五十个,装好一小竹箩,托他带去的啊!知道你爱吃。"

"在他们冰箱里看见一大堆,不知道是你托带的,说是他们送我的礼——五个。"

"这个狐狸。"荷西咬着牙骂了一句。

"啧,小声点,你。"

"唉——人哪——"荷西叹了口气。

五月四日

今天一直有点紧张,汉斯和英格要回来,以后能不能处得好还不知道,听说汉斯承包了工程,就不上班的,三两天才去港口看看,这个家,如果白天也得挤在一起,日子一定更不好过了,尽力和睦相处吧,我不是难弄的人。

下午又去汉斯他们房间,把窗帘拉拉好,枕头拍拍松,床边地下一摊书,跪下去替他们排排整齐,拿起一本来看,竟是拍成流行色情电影"Emmanuelle"的德文版口袋书,翻开来一看,正是一句有趣的对话:"那么,你是说,要跟我上床吗?"我倒笑了起来,书就在床边嘛!

再看看其他的书,大半是黄色小说加些暴力侦探,汉斯和英格会看书我不奇怪,怪的是,四十六七岁的人,怎么还在这一套里打滚。

"快走吧,路上交通一堵,两三小时都到不了机场,今天不是星期天,路挤。"

荷西早早下班回来，开始催我，匆匆地换了衣服，把头发梳成一个髻。

"这件衣服是新的？"他拉拉我的裙子。

"嗯，英国货，还买了好几件挂着，你没看见？"

突然有些不乐，荷西注意我穿什么，全是为了汉斯和英格，平日他哪管这个。

在机场外挤啊等啊热啊，盼了半天，才见一个大胖子和一个高瘦的女人推着行李车挤出人群来。

"汉斯。"荷西马上迎了上去，几乎是跑的。

"啊！"汉斯招呼了一声，与荷西握握手，英格也跟荷西握握手，我站在他身后不动。

"这位——想来是你的太太了。"我笑笑，望着英格，等她先伸出了手，才原地握了握，并不迎上去。

握了手，英格的一只小皮箱居然自然而然地交给了我，用手拢着长发，啧啧叫热。

"车在哪里？"汉斯问。

"就在那边。"荷西急急地推了行李车走了。

"司机呢？"

"自己开来的。"荷西开始装行李。

这两个人已坐进了后座，那么自然。

"怎么样，工作顺利吗？"汉斯问着。

"又测了两条沉船，底价算出来了，还等你去标。"

"其他的事呢？圣马利亚号做得怎么了？"

"出水了一半，昨天断了四条钢索，船中间裂了，反而好起。"

荷西报告着。

我们沉默着开车，回身看了一眼英格，她也正在看我，两人相视一笑，没有什么话讲。

英格很年轻，不会满三十岁，衣着却很老气，脸极瘦，颧骨很高，鼻子尖尖的，嘴唇很薄，双眼是淡棕色，睫毛黄黄的，看见她，使我想起莫底格尼亚尼画中长脸、长脖子、没画眼珠的女子，又很像毕卡索立体画派时的三角脸情人，总是有个性的，不算难看，透着点厉害，坐在她前面，总觉坐在冷气机前一样。

汉斯是一个留着小胡子的中年人，胖得不笨，眼神很灵活，衣着跟英格恰恰相反，穿得很入时年轻，也许是长途飞行累了，总给人一点点邋遢的感觉，说话很有架子，像个老板，跟杜鲁医生一搭一档，再配不过了。

"嗯，你来的时候，见到罗曼没有？"他突然问起我来，我们四个人说的是西班牙话。

"我叫 Echo。"我说。

"啊，Echo，见到罗曼没有？"他又问。

罗曼是西班牙方面的合伙人，这个公司是三个国籍的人组成的，杜鲁百分之四十的股，汉斯百分之四十，罗曼百分之二十。

"走之前，打了两次电话去，总是录音机在回话，告诉录音带，我要来尼日利亚了。如果有器材叫带来，机场见面，机场没见到他，就来了。"我慢慢地说。

"好！"汉斯回答着，突然又对开车的荷西说，"以前讲的薪水，上个月就替你从德国汇去加纳利岛你的账内去了。"

"谢谢！"荷西说，我仰头想了一下，要说什么，又忍了下来。

到了家，伊底斯马上奔上来拿行李，对汉斯和英格，大声地说："欢迎先生、夫人回家。"

这两个人竟看也不看哈着腰的他，大步走了进屋，我心里真替伊底斯难过，独自跟他道了晚安，对他笑笑。

"啊！"英格四周看了一看，对路易招呼了。

"来几天了？"转身问我。

"四天。"

"荷西说你写过一本书。"她问。

"弄着玩的。"

"我们也很喜欢看书。"她说。

这马上使我联想到她床边的黄色小说。

"你们吃了吗？"英格问。

"还没呢！"路易说。

"好，开饭吧，我们也饿死了。"她说着便往房里走去，谁开饭？总是我啰，奇怪的是飞机上难道饿得死人？德国飞来此地，起码给吃两顿饭。

"这一趟，花了九万马克，真过瘾。"

吃饭时汉斯夸张着他的豪华，英格喜不自胜，加了一句："蒙特卡罗输的那一大笔还没算进呢，嗳——豪华假期。"

听的人真不知道接什么话才好。

"原来你们不是直接回德国的？"总算凑上了一句。

"法国、荷兰、比利时一路玩过去，十天前才在德国。"

我一听又愣了一下，竟无心吃饭了。

汉斯这种人，我看过很多，冒险家，投机分子，哪儿有钱哪儿钻，赚得快，花得也凶，在外出手极海派，私底下生活却一点也不讲究，品格不会高，人却有些小聪明，生活经验极丰富，狡猾之外，总带着一点隐隐的自弃，喝酒一定凶，女人不会缺，生活不会有什么原则，也没有太大的理想，包括做生意在内，不过是撑个两三年，赚了狂花，赔了，换个国家，东山再起。就如他过去在西班牙开潜水公司一样，吃官司，倒债，押房子，这一走，来了尼日利亚，又是一番新天新地，能干是一定的，成功却不见得。

荷西跟着这样的人做事，不会有前途，那一顿晚饭，我已看定了汉斯。

吃完饭，英格一推盘子站起来，伸着懒腰。

"工人和厨子都走了。"我说。

"是吗？"英格漫应着，事不关己地进了自己房间，他们房内冷气再一开，又加了一节火车头在轰人脑袋。

进了房间，一把拉过荷西，悄悄地对他说："汉斯说谎，来时在车上，说钱上个月从德国汇给我们了，吃饭时又说，十天前才回德国，根本不对。"

荷西呆了一下，问我："你怎么跟银行说的？"

"收你信以后，就天天去看账的啊，没有收到什么德国汇款，根本没有。"

"来的时候跟银行怎么交代的？"又问。

"去电信局拿了单子，打好了电文，说，一收到钱，银行就发电报给你，梅乐是我好朋友，她说银行账她天天会翻，真有钱来，马上给我们电报。"

"再等几天吧！"荷西沉思着，亦是担心了。

"荷西。"

"嗯?"

"你没跟汉斯他们说我会德文吧!"

"有一次说了,怎么?"

"嗳——"

"有什么不对?"

"这样他们在我面前讲话就会很当心了。"

"你何必管别人说什么?"荷西实在是个君子,死脑筋。

"我不存心听,可是他们会防我啦!"

荷西忍了一会儿,终于下决心说了:"三毛,有件事没告诉你。"

"什么事?"看他那个样子心事重重的。

"汉斯收走了路易和我的职业潜水执照,护照一来,也扣下了。"

我跳了起来:"怎么可能呢?你们两个有那么笨?"

"说是拿去看看,一看就不还了。"

"合约签了四个月,还不够,凭什么扣人证件?"我放低了声音说。

"没有合约。"

"什么!"又控制不住地叫了起来。

"嘘,轻点。"荷西瞪我一眼。

"做了三个月,难道还没有合约?"简直不相信自己的耳朵,荷西低头不响。

"难怪没有固定薪水,没有工作时间,没有保险,没有家属宿舍，你跟路易是死人啊？！"

"来了第一天就要合约，他说等路易来了一起签，后来两个人天天叫他弄，他还发了一顿脾气，说我们不信任他。"

"这是乱讲，任何公司做事，都要有文件写清楚，我们又是在外国，这点常识你都没有？三个月了居然不告诉我。"

"他无赖得很。"荷西愁眉苦脸地说。

"你们为什么不罢工？不签合约，不做事嘛！"

"闹僵了，大家失业，我们再来一次，吃得消吗？"

"这不比失业更糟吗？怎么那么笨？"

恨得真想打他，看他瘦成那副样子，长叹一声，不再去逼他了。

荷西这样的正派人，只能在正正式式的大公司里做事，跟汉斯混，他是弄不过的，这几日，等汉斯定下来了，我来对付他吧！

又何尝愿意扮演这么不愉快的角色呢！

上床总是叹着气，荷西沉沉睡去，起床服了两片"烦宁"，到天亮，还是不能阖眼。

矇矇地睡了一会儿，荷西早已起床走了。

五月五日

今天是姐姐的生日，在加纳利寄给她的卡片这会儿应该收到了吧。家，在感觉上又远了很多，不知多久才会有他们的消息，夜间稍一阖眼，总是梦见在家，梦里爹爹皱纹好多。

早晨起床实在不想出房门,汉斯和英格就睡在隔壁,使人不自在极了,在床边呆坐了好久,还是去了客厅。

昨夜擦干净的饭桌上,又是一堆杯子盘子,还留着些黑面包、火腿和乳酪,三只不知名的小猫在桌上乱爬,这份早餐不是荷西他们留下的,他们不可能吃这些,总是英格行李里带来的德国东西。

厨房堆着昨夜的油渍的盘子,小山似的一堆,垃圾被两只狗翻了一地的腐臭,我是爱清洁的人,见不得这个样子,一双手,马上浸到水里去清理起来。

在院里晒抹布的时候,英格隔着窗,露出蓬蓬的乱发,对我喊着:"嗯,三毛,把早饭桌也收一下,我们旅行太累了,吃了还继续睡,猫再给些牛奶,要温的。"

我背着她漫应了一声,一句也没有多说。这是第一天,无论如何不跟她交手,等双方脾气摸清楚了,便会不同,现在还不是时候。

闷到下午两点多,他们还没有起床的意思,我开了一小罐鲔鱼罐头,拿个叉子坐在厨房的小柜子上吃起来。

才吃呢,英格披了一件毛巾浴衣跑出来,伸头看我手里的鱼,顺手拿了个小盘子来,掏出了一大半,说:"也分些给猫吃。"

接着她咪咪地叫着小猫,盘子放在地上,回过头来对我说:"这三只猫,买来一共一千五马克,都是名种呢,漂亮吧!"

我仰头望着这个老板娘,并不看这堆钞票猫,她对我笑笑,用德文说:"祝你好胃口!"就走回房去了。

胃口好个鬼!把那只剩一点点的鱼肉往猫头上一倒,摔了罐头去开汽水。

下午正在饭桌上写信,汉斯打着赤膊,穿了一条短裤,啪啪地赤足走出来,雪白的大肚子呕心地袒着,这人不穿衣服,实在太难看了,我还是写我的信,淡淡地招呼了他。

过了一会儿,他从房内把两个大音箱,一个唱机,一大堆乱七八糟的唱片搬了出来,摊在地上,插头一插,按钮一转,热门音乐像火山爆发似的轰一下震得人要从椅子上跌下去,鼓声惊天动地地乱打,野人声嘶力竭地狂叫,安静的客厅,突然成了疯狂世界。

"喜不喜欢音乐?"他偏偏有脸问我。

这叫音乐?这叫音乐?

如果你叫这东西是音乐,我就不喜欢音乐。

"不喜欢。"我说。

"什么?"他对我大叫,不叫根本不能说话嘛!

"太响啦!"用手指指唱机也喊过去。

"在卧室听,就刚好。"他又愉快地喊着,邋邋遢遢地走了。

我丢掉原子笔,奔到房间里去,音乐穿墙而入,一捶一捶打进太阳穴里去,用枕头压住头,闷得快窒息了,这精神虐待第一天就开始了,预备忍到第几天?机票那么贵,不能来了就逃回去,荷西的薪水还得慢慢磨他出来,不能吵,要忍啊!

晚上做的是青椒炒牛肉,拿不定主意汉斯他们是不是分开吃,就没敢多做。

才做好,还在锅子里,英格跑出来,拿了两个盘子,问也不问,拨了一大半去,白饭也拿了小山似的,开了啤酒,用托盘搬走了,临走还对我笑了笑。

我的眼睛烧得比青椒还绿,总是忍吧。

妈的,虎落平阳,别不认识人,饶你七十七次,第七十八次再来欺人,就得请你吃回马枪了!

荷西路易回来,白饭拌了一点点菜吃下了。

正睡下去,客厅里轰的一声有人撞倒椅子的声音,我惊得跳了起来,用力推荷西。

"强盗来了!快醒啊!荷西。"

再一听,有人在客厅追逐着跑,英格嗳嗳地又叫又逃。

"荷西,不得了啦!"我再推睡死了的他。

"没事,不要理他们。"慢吞吞地回了一句。

"什么事情吗?"我还是怕得要死。

"汉斯喝醉了,在追英格来啃。"

跳到喉咙的心,这才慢慢安静下来,躺在黑暗中不能动弹。

隔着一道墙,狂风暴雨似的男女尖叫示爱的声音一阵阵透过来,比强盗来了还吓人,就在客厅里。

"荷西,我不喜欢这些人。"我轻声地说。

"别理他们,睡觉!"荷西一捶枕头,怒喝着。

"拿到薪水就走吧,这里不是我们的地方。"我闷在床单下面,几乎哭出来。

五月六日

下午烫了大批的衣服,补了荷西裂口的短裤,桌布漂白了,盆景都洒了水,自己房间的地,又用水擦了一次,刚刚弄完,才坐下来看书,英格抱了一大堆衣服出来,丢在桌上,说:"趁着熨斗还放着,这些也烫烫好。"

"我只管荷西的衣服。"我直截了当地回答她。

"可是现在没有工人。"她奇怪得不得了,好似我说的不是人话一样。

"我不是工人。"

"可是工人是被你赶走的啊!这件事我还没问你呢!咦!"

"英格,你要讲理。"我斩钉截铁地止住了她。

"不烫算了,你以为你是谁?"她翻脸了。

"我是荷西的太太,清楚得很。"

"我没结婚,不干你的事。"这下触到她的痛处了,张牙舞爪起来。

"本来不干我的事嘛!"我一语双关,把汉斯那堆衣服拎了一件起来,在她面前晃了晃,再轻轻一丢,走了。

走到哪里去,还不是去卧室闷着。

难道真走到高速公路上去叫计程车,高速公路上又哪来的计程车?

公共汽车远在天边,车外吊着人就开,总不会没事去上吊,没那么笨。

有胆子在沙漠奔驰的人,在这里,竟被囚住了,心里闷得要炸了开来。

这几千美金不要了,送他们买药吃,我只求快快走出这不愉快的地方去。

日子长得好似永远不会过去,才来了六天,竟似六千年一般的苦。

五月七日

早晨为了汉斯的一块火腿，又闹了一场，我肯定荷西是个有骨气的人，不可能为了口腹之欲降格偷吃火腿，可是汉斯和英格还是骂了半天。

"这些人越来越无法无天了，对他们那么好，竟爬到我们头上来了。"英格就在房间外面大声说。

"哼，一天做十四小时工，晚上回来吃一顿苦饭，薪水还不发，有脸再开口，真是佩服之至！"我靠着门冷笑着，虽说不要自己生气，还是气得个发抖。

汉斯看我气了，马上下台，拉了英格出去了，天黑了还没回来。

"荷西，钱，不要了，我们走吧，再弄下去更没意思了。"吃晚饭时，我苦劝着荷西。

"三毛，八千多美金不是小数目，我们怎么能丢掉，一走了之，这太懦弱了。"他硬要争。

"八千万美金也算了，不值得。"

"可是——我们白苦了四个月？"

"也是一场经验，不亏的。"我哽住了声音咽了一口饭。

路易紧张地望着我们。

"你怎么说，路易？"我问他。

"不知道，再等一阵吧，看看付不付薪。"

"荷西，下决心嘛！"我又说，他低头不响。

"那我先走。"声音又哽住了。

"你去哪里？"荷西拉住我的手，脸上一阵苦痛掠过。

"回加纳利岛去。"

"分开了三个月，来了一个星期，就走，你想想，我会是什么心情。"荷西放下叉子低下了头。

"你也走，不做了。"

荷西脸上一阵茫然，眼睛雾濛濛的，去年失业时的哀愁，突然又像一个大空洞似的把我们吸下去，拉下去，永远没有着地的时候，双手乱抓，也抓不住什么，只是慢慢地落着，全身慢慢地翻滚着，无底的空洞，静静地吹着自己的回声——失业——失业——失业——

"不要怕，我们有房子。"我轻轻地对他说。

荷西还是茫茫然的。

"我也会赚钱，可以拼命写稿，出书。"又说。

"要靠太太养活，不如自杀。"

"失业不是你的错，全世界的大公司都发了信，没有位置就是没有，而且，也不是马上会饿死。"我还是劝着。

"三毛，我，可以在全世界的人面前低头，可是在你面前，在你父母面前，总要抬得起头来，像一个丈夫，像一个女婿。"荷西一字一字很困难地说着，好似再碰他，就要流泪了。

"你这是乱扯，演广播剧，你失业，我没有看不起你过，我父母也不是势利的人，你向别人低头，只为了给我吃饭，那才是羞耻，你去照照镜子，人瘦得像个鬼，你这叫有种了，是不是，是不是？"我失去控制地吼了起来，眼泪迸了出来。

路易放下叉子，轻轻地开门走了。

五月八日

今天是星期天，荷西八点多还没有出门，等到汉斯房里有了响声，荷西才去轻叩了房间。"什么事？病了？"汉斯沉声问。

"不是，今天不做工，想带三毛出去看看。"

"路易呢？"

"也在睡。"

汉斯沉吟了一回，很和气地说："工作太多我也知道，可是合同有期限，你们停一天，二十个黑人助手也全停了，公司损失不起，这样吧，你还是去上工，结薪时，每人加发四百美金分红，三毛嘛，明天我带她跟英格一起出去吃中饭，也算给她出去透透气，好吗？帮帮忙，你是开天辟地就来做的，将来公司再扩大了，总不会亏待你，今天帮帮忙，去上工，好吧？也算我汉斯求你。"

汉斯来软的，正中荷西弱点，这么苦苦哀求，好话说尽，要翻脸就很难了。

"你去吧，我不出去，就算没来过尼日利亚好了。"我跟出去说。

"你不出去，怎么写尼日利亚风光？"荷西苦笑着。

"不写嘛，没关系的，当我没来，嗯！"

其实，荷西哪有心情出去，睡眠不足，工作过度，我也不忍加重他的负担了。

"今天慢慢做好了,中午去'沙发里'吃饭,你们先垫,以后跟公司报,算公司请的,嗯!"汉斯又和气地说。

路易和荷西,绵羊似的上车走了。

我反正心已经死了,倒没生什么气。

五月九日

早晨起床不久,英格就在外面喊:"三毛,穿好看衣服,汉斯带我们出去。"

"我无所谓,你们出去好了。"我是真心不想去。

"嗯,就是为了你啊,怎么不去呢!"汉斯也讨好地过来劝了。

勉强换了衣服,司机送荷西他们上班,又赶回来等了。

"先去超级市场,再去吃饭,怎么样?"汉斯拍拍我的肩,我闪了一下。

进了超级市场,汉斯说:"你看着买吧,不要管价钱,今天晚上请了九个德国人回来吃中国菜。"

我这一听,才知又中计了,咬着牙,不给自己生气,再气划不来的是自己,做满这个月,拿了钱,吐他一脸口水一走了之。

买了肉、鱼、虾、蔬菜、四箱葡萄酒、四箱啤酒,脑子里跑马灯似的乱转,九个客人,加上宿舍五个,一共是十四个人要吃。

"英格,刀叉盘子可能不够,再加一些好吗?"

又买了一大堆盘子、杯子。

结账时,是三百四十奈拉(两万三千多台币),英格这才说:"现在知道东西贵了吧,荷西他们每个月不知吃掉公司多少钱,还说吃得不好。"

"这不算的,光这四箱法国葡萄酒就多少钱?平日伙食用不着这十分之一,何况买的杯子都是水晶玻璃的,用不着那么豪华。"恨她什么事都往荷西账上记。

"好,现在去吃中饭。"汉斯说,我点点头,任他摆布。

城里一片的乱,一片的挤,垃圾堆成房子那么高没有人清,排水设备不好,满城都是污水,一路上就看见本地人随地大小便,到处施工建设,灰尘满天,最富的石油国家,最脏的城市,交通乱成疯人院一般,司机彼此漫骂抢路,狂按喇叭,紧急刹车,加上火似的闷热,我晕得一阵一阵作呕。

中饭在一幢高楼的顶层吃,有冷气,有地毯,有穿白制服的茶房,大玻璃窗外,整个新建旧建的港口尽入眼底,港外停满了船。

"你看,那个红烟囱下面,就是你先生在工作。"汉斯指着一条半沉在水面的破船说。

我望着蚂蚁似的人群,不知哪个是荷西。

"嘿嘿!我们在冷气间吃饭,他们在烈日下工作,赚大钱的却是我。"汉斯摸着大肚子笑。

被他这么一得意,面对着一盘鱼,食不下咽。

"资本主义是这个样子的。"我回答他。

"我会抢生意。"汉斯又笑。

"当然,你有你的本事,这是不能否认的。"这一次,我说的是真心话。

"荷西慢慢也可以好起来。"汉斯又讨好地说了一句。

"我们不是做生意的料。"我马上说。

沉默了一会儿,汉斯又说:"说良心话,荷西是我所见到的最好的技术人员,做事用心,脑筋灵活,现在打捞的草图、方法,都是他在解决,我不烦了,他跟黑人也处得好。"

"上个月路易私下里跟英格说,要公司把他升成主管,英格跑来跟我讲,我把荷西同路易都叫来,说,荷西大学念的是机械,考的是一级职业潜水执照,路易只念过四年小学,得的是三级职业执照,两个人不要争什么主管不主管,才这么一点黑人助手,管什么呢!"

"荷西没有争,他根本没讲过这事。"我惊奇地说。

"我是讲给你听,荷西做事比路易强,将来公司扩大了,不会亏待他的。"他又在讨好了。

我们是活在现在,不是活在将来,汉斯的鬼话,少听些才不会做梦。

吃完中饭,仍不回家,担心着晚饭,急得不得了,车子却往汉斯一个德国朋友家开去。

好,德国人开始喝啤酒,这一喝,什么都沉在酒里了。

"英格,叫汉斯走嘛,做菜来不及了。"

英格也被汉斯喝得火大,板着脸回了我一句:"他这一喝还会停吗?要说你自己说。"

我何苦自讨没趣,随他去死吧,晚上的客人也去死吧!

熬到下午五点半,这个大胖子才慢吞吞地站了起来,居然毫无醉态,酒量惊人。

"走，给荷西他们早下工，一起去接回家。"

车子开进了灰天灰地的新建港口，又弯过旧港，爬过石堆，跳过大坑，才到了水边，下了车，不见荷西，只见路易扠着手站着，看见汉斯来了，堆下一脸的笑，快步跑过来。

再四处张望荷西，突然看见远远的一条破汽艇上，站着他孤单单的影子，背着夕阳，拼命地在向我挥手，船越开越近，荷西的脸已经看得清了，他还在忘情地挥着手，意外地看见我在工地，使他高兴得不得了，我没有举手回答他，眼睛突然一下不争气地湿透了。

车上荷西才知道汉斯请人吃中菜的事，急得不得了，一直看表，我轻声安慰他："不要急，我手脚很快的，外国人，做些浆糊可以应付了。"

路上交通又堵住了，到家已是八点，脊椎骨坐车太久，又痛起来。

英格一到家就去洗澡打扮，我丢下皮包，冲进厨房就点火，这边切洗，那边下锅，四个火一起来，谢天谢地的，路易和荷西帮忙在放桌子，煤气也很合作，没有半途用光，饭刚刚焖好，客人已经挤了一室，绕桌坐下了。

我奔进浴室，换了件衣服，擦掉脸上的油光，头发快速地再盘盘好，做个花髻，这才从容地笑着走出来。

是进步了，前几天哭，这一会儿已经会笑了，没有总是哭下去的三毛吧！

才握了手，坐下来，就听见汉斯在低喝荷西："酒不冰嘛，怎么搞的。"

他说的是西班牙文，他的同胞听不懂他在骂人，我紧握荷西的手，相视笑了笑，总是忍吧，不是吵架的时候。

吃了一会儿，汉斯用德文说："三毛，中国饭店的虾总是剥壳的，你的虾不剥壳？"

"茄汁明虾在中国是带壳做的，只有小虾才剥了做。"

"叫人怎么吃？"又埋怨了一句。

你给人时间剥什么？死人！

这些德国佬说着德文，我还听得进去，荷西和路易一顿饭没说过一句话，别人也不当他们是人，可恶之极！

深夜两点了，桌上杯盘狼藉，空酒瓶越堆越多，荷西涨满红丝的眼睛都快闭上了。

"去睡，站起来说晚安，就走，我来撑。"我轻轻推他，路易和荷西慢慢地站了起来。

勉勉强强道了晚安，汉斯和客人显然扫了兴，好似赶客人走似的，汉斯窘了一会儿，沉声说："再等一会儿，还有公事要谈。"

等到清晨四点半，客人才散了，我的脸已经冻成了寒霜。

"明天一条小沉船，挡在水道上，要快挖掉，船里六千包水泥，刚刚卖给一个客人了，限你们三天挖出来。"

"你说什么？"路易茫茫然地说。

"六千包水泥，三天挖出来，船再炸开，拖走。"

"这是不可能的，汉斯，硬的水泥不值钱，犯不着花气力去挖。"

"小钱也要赚啊！所以我说要快，要快。"

"汉斯，一天两千包，结在沉船舱里，就路易和我两个挖，再扎上绳子，上面助手拖，再运上岸，你想想，可不可能？"

"你不试怎么知道不可能？"汉斯慢慢在发作了。

"那是潜水夫的事。"荷西慢吞吞地说。

"你以为你是谁？"汉斯瞪着荷西，脸上一副嘲弄的优越感浮了上来。

"我是'潜水工程师'，西班牙得我这种执照的，不过廿八个。"荷西还是十分平静的。

"可是你会下水挖吧？"汉斯暴怒着站了起来。

"会挖，嘿！"气到某个程度，反倒笑了起来。

"把毕卡索叫去做油漆匠，不识货，哈！"

想想毕卡索搬个梯子在漆房子，那份滑稽样子，使我忍不住大笑起来，笑得咳个不停，涨红了脸，又指着汉斯笑。

"男人的事，有你说话的余地吗？"他惊天动地地拍着桌子，真凶了，脸色煞青的，英格一溜烟，逃了出去。

"好，我不说话，你刚刚吃下去的菜，是女人做的，给我吐出来。"我止住了笑，也无赖起来，仰头瞪着他，迎着那张丑恶的脸。

"你混蛋！"（其实他骂的西班牙文不是这句中文，是更难堪的字，我一生没写过。）

"你婊子养的，呸！"我也气疯了，有生以来还没人敢这么凶过我，真怕你吗？

"三毛，好啦，回房去。"路易上来一把拖住我就往房间拉。

进了房，荷西铁青着脸进来了，跟着骂我："狗咬你，你也会去反咬他，有那么笨。"

我往床上扑下去，闭着眼睛不响，骂过了汉斯，心里倒不再痛苦了，隐隐地觉得畅快。

"荷西，明天罢工，知不知道。"

他坐在床沿，低着头，过了好一会儿，才说："不理他，慢慢做吧！"

我唬一下撑了起来："不合理的要求，不能接受，听见没有，不能低头。"

"再失业吗？"他低低地说。

"荷西，中国人有句话——士可杀，不可辱——他那种态度对待你们，早就该打碎他的头，一走了之，我不怕你失业，怕的是你失了志气，失了做人的原则，为了有口饭吃，甘心给人放在脚下踩吗？"

他仍是不说话，我第一次对荷西灰心欲死。

睡了才一会儿，天濛濛地亮了，荷西翻过身来推我，呜咽地说："三毛，三毛，你要了解我的苦衷，我这么忍，也是为了两个人的家在拼命啊！"

"王八蛋，滚去上工吧！"

黑暗中，荷西好像在流泪。

五月十日

为了清晨对荷西那么粗暴，自责得很厉害，闷躺在床上到了十一点多才起来。

厨房里，英格正奇迹似的在洗碗。

一步跨进去，她几乎带着一点点惊慌的样子看了我一眼，抢先说:"早!"

我也应了她一声,打开冰箱,拿出一瓶牛奶来靠在门边慢慢喝,一面看着她面前小山也似的脏盘子。

"昨天你做了很多菜,今天该我洗碗了,你看,都快弄好了。"她勇敢地对我笑笑,我不笑,走了。

原来这只手也会洗碗,早些天哪一次不是饭来张口,吃完盘子一推就走,要不是今天清晨破了一次脸,会软下来吗?开饭都是荷西路易在弄,这女人过去瞎子,残了?贱!

"中午你吃什么?"她跟出来问。

"我过去一向吃的是什么?"反问她。

她脸红了,不知答什么才好。

"有德国香肠。"又说。

"你不扣薪?"瞪了她一眼。

英格一摔头走了出去,脸上草莓酱似的紫。

翻翻汉斯的唱片,居然夹着一张巴哈,唱片也有变种,啧啧称奇。

低低地放着音乐,就那么呆坐在椅子上,想到荷西的两千包水泥,心再也放不下去。

汉斯从外面回来,看见我,脸上决不定什么表情,终于打了个哈哈。

"我说,你脾气也未免太大了,三毛。"

"你逼的。"我仰着头,笑也不笑。

"昨天菜很好,今天大家都在工地传,这么一来,我们公共关系又做了一步。"

"下次你做关系,请给荷西路易睡觉,前天到现在,他们就睡了那么一个多钟头又上工了,这么累,水底出不出事?"

"咦,客人不走,他们怎么好睡——"

"妓男陪酒,也得有价钱——"

"三毛,你说话太难听了。"

"是谁先做得难看?是你还是我?"又高声了起来。

"好啦,和平啦!啧!没看过你这种中国女人。"

"你当我是十八世纪时运去美国筑铁路的'唐山猪仔'?"我瞪着他。

"好啦!"

"你这个变种德国人。"我又加了一句,心里痛快极了。

"哪!拿去玩。"汉斯突然掏出一盒整套的乒乓球来。

"没有桌子,怎么打?"

"墙上打嘛,像回力球一样。"

我拿了拍子,往墙上拍了几下,倒也接得住。

"你打不打?"

他马上讨好地站了起来,这人很精明,知道下台,公司缺了荷西,他是损失不起的。

"怎么玩?"大胖子舍命陪君子啦!

"朝墙上打,看谁接的球多,谁就赢。"

"荷西说,你台北家里以前有乒乓球桌的,当然你赢。"

"现在是打墙,不一样。"我说。

"好,来吧!"他叹了口气。

"慢着,我们来赌的。"我挡住了他发球。

"赌什么?汽水?"

"赌荷西薪水,一次半个月,一千美金。"

"三毛,你——"

"我不一定赢,嘿嘿——"

"我比你老!"他叫了起来。

"那叫英格来好啰,她比我小。"

"你这海盗,不来了。"

他丢下球拍牙缝里骂出这句话,走了。

我一个人听着巴哈,一球一球往墙上打,倒有种报复的快感,如果一球是一包水泥就好了。

吃晚饭后,路易一直不出来,跑去叫他,他竟躺在床上呻吟。

"怎么了?"

"感冒,头好痛。"

"有没有一阵冷一阵热?不要是疟疾哦!"吓了一跳。

"不是。"可怜兮兮地答着。

"饭搬进来给你吃?"

"谢谢!"

我奔出去张罗这些,安置好路易,才上桌吃饭。

"路易病了。"我担心地说,没有人接腔。

"挖了几包?"汉斯问荷西。

"三百八十多包。"低低地答着。

"那么少!"叫了起来。

"结成硬硬的一大块,口袋早泡烂了,要用力顶,才分得开,上面拉得又慢。"

"进度差太多了，怎么搞的，你要我死？"

"路易没有下水。"荷西轻轻地说。

"什么？！"

"他说头痛。"

我在一旁细看荷西，握杯子的手一直轻微地在抖，冰块叮叮地碰，放下杯子切菜，手还是抖，指甲都裂开了，又黑又脏，红红的割伤，小嘴巴似的裂着。

"妈的，这种时候生病！"汉斯丢下叉子用桌布一擦嘴走了。

"来，去睡觉。"我稳住荷西用力太过的手，不给他再抖。

进了房，荷西扑到床上去，才放下帐子，他居然已经睡着了。

五月十一日

早晨闹钟响了，荷西没有动静。

等到八点半，才推醒他，他唬一下跳了起来。

"那么晚了，怎么不叫我？"懊恼得要哭了出来，低头穿鞋，脸也不洗就要走。

"吃早饭？"

"吃个鬼！"

"荷西——"我按住他，"公司不是你的，不要卖命。"

"做人总要负责任，路易呢，快去叫他。"

我去敲路易的房门，里面细细地嗯了一声。

"起来吧,荷西等你呢!"

"我病了,不去。"

"他不去。"我向荷西摊摊手,荷西咬咬牙,冒着雨走了。

在刷牙时,就听见路易对汉斯在大叫:"病了,你怎么样?"

汉斯没出声,倒是英格,慢吞吞地说了一句:"休息一天吧,晚上给杜鲁医生看看。"

过了一会儿汉斯和英格出去了,说是去承包公司领钱,两个人喜气洋洋的。

临走时丢下一句话给我:"明天四个重要的客人来吃饭,先告诉你。"

"汉斯!"我追了出去。

"下次请客,请你先问我,这种片面的通知,接不接受——在——我。"

"我已经请啦!"他愣了一下。

"这次算了,下次要问,不要忘了说谢谢!"

"难道活了那么大,还得你教我怎么说话?"

"就——是。"我重重地点了一下头。

跟这种人相处,真是辛苦,怎么老是想跟他吵架。

汉斯他们一走,路易就跑出来了,大吃冰箱里汉斯的私人食物,音乐也一样放得山响,还跑出大门口去,看半裸的黑女人,眯眯笑着。

"好点没有?"我问他。

"嘻嘻!装的,老朋友了,还被骗吗?"

说着大口喝啤酒,狠咬了一块火腿。

我呆呆地望着他，面无表情。

"谁去做傻瓜，挖水泥，哼，又不是奴隶。"

"可是——路易，你不看在公司面上，也看在荷西多年老友的面上，帮他一把，他一个人——"我困难地想说什么，又说不出口。

"啧，他也可以生病嘛，笨！"又仰头喝酒。

我转身要走，他又大叫："喂，嫂子，我的床麻烦你铺一下啊！"

"我生病，不能做事。"我皮笑肉不笑地回了他一句。

晚上汉斯问荷西："今天几包？"

"两百八十包。"

"怎么少了？你这是开我玩笑。"口气总是最坏不过的了。

"舱很深，要挖起来，举着出船舱，再扎绳子，上面才拉，又下大雨——"

"你在水下面，下雨关你什么事？"

"上面大雷雨，闪电，浪大得要命，黑人都怕哭了，丢下我，乘个小划子跑掉了，放在平底船上的水泥，差点又没翻下海。"

"汉斯，找机器来挖掉吧，这小钱，再拖下去就亏啦！"我说。

汉斯低头想了好久，然后才说："明天加五个黑人潜水夫一起做，工钱叫杜鲁医生去开价。"

总算没有争执。路易躲在房内咳得惊天动地，也怪辛苦的。

在收盘子时，杜鲁医生进来了，他一向不敲门。

"怎么还没弄完？"一进门就问汉斯。

"问他们吧，一个生病，一个慢吞吞。"汉斯指了指荷西，我停止了脚步，盘子预备摔到地下去，又来了！又怪人了！有完没有？

"路易，出来给杜鲁医生看。"汉斯叫着。

路易不情不愿地拖着凉鞋踱出来。

拉拉荷西，跟他眨眨眼，溜回房去了。

"路易怎么回事？"荷西问。

"装的。"

"早猜到了，沙漠时也是那一套。"

"他聪明。"我说。

"他不要脸！"荷西不屑地呸了一口。

"我没有要你学他，我要的是——'堂堂正正'地来个不干。"

"算了吧，你弄不过他们的，钱又扣在那里。"

雨，又下了起来，打在屋顶上，如同丛林的鼓声，这五月的雨，要传给我什么不可解的信息？

五月十二日

剥了一早上的虾仁，英格故态复萌，躺在床上看书，不进厨房一步。

我一推她房门，她吓了一跳，坐了起来，堆下一脸的笑。

"英格，问你一件事情。"

"什么？"她怕了。

"汉斯在德国汇薪水是跟你一起去的？"

"我没看到。"声音细得像蚊子。

"跟你事后提过？"

"也没提，怎么，不信任人吗？"心虚的人，脸就红。

"好！没事了。"我把她的房门轻轻关上。

到了下午，汉斯大步走了进来，先去厨房看了看，说："很好！"就要走。

"汉斯，借用你五分钟。"我叫住他。

"啧，我要洗澡。"

"请你，这次请求你。"我诚恳地说，他烦得要死似的丢下了公事包，把椅子用力一拖。

"荷西，已经在公司做了三个半月了。"我说。

"是啊！"

"薪水在西班牙时，面对面讲好是两千五百美金，可以带家属，宿舍公家出。"

"是啊！"他漫应着，手指敲着台面。

"现在来了，杜鲁医生说，薪水是两千美金，扣税，扣宿舍钱，回程机票不付。"

"这是荷西后来同意的！"他赶快说。

"好，他同意，就算话，两千美金一月。"

"好了嘛，还噜苏什么。"站起来要走。

"慢着，荷西领了一千美金，折算奈拉付的，是半个月。"

"我知道他领了嘛！"

"可是，公司还差我们六千美金。"

"这半个月还没到嘛！"

"好——三个月，欠了五千美金。"我心平气和地在纸上写。

"德国汇了两千去西班牙。"汉斯说。

"汇款存单呢，借来看看？"我偏着头，还是客气地说。

他没防到我这一着，脸红了，喃喃地说："谁还留这个。"

"好，'就算'你汇去了两千，还差三千美金，请你付给我们。"我轻轻一拍桌子，说完了。

"急什么，你们又不花钱？"真是乱扯。

"花不花钱，是我们的事，付薪水是公司的义务。"我慢慢地说。

"你带不出境，不合法的，捉到要关十五年，怕不怕。"这根本是无赖起来了。

"我不会做不合法的事，带进来五千五美金，自然可以带出去五千美金。"

回房拿出入境单子给他看，上面明明盖了章，完全合法。

"你带进来的钱呢？"他大吼，显然无计可施了。

"这不是你的事，出境要搜身的，拿X光照，我也不多带一块钱出去。"

"怎么变的？"

"没有变，不必问了。"

"好吧，你什么时候要？"

"二十三号我走，三千美金给我随身带，西班牙那笔汇款如果不到，我发电报给你，第四个月薪水做满了，你付荷西——'结汇出去'。德国汇款如果实在没有收到，你也补交给他——美金——不是奈拉，给他随身带走。"

"荷西怎么带？"

"他入境也带了五千美金来，单子也在。"

"你们怎么弄的？"他完全迷惑了。

"我们不会做不合法的事，怎么弄的，不要再问了。"

"说定啰？我的个性，不喜欢再说第二遍。"我斩钉截铁地说，其实心里对这人一点没把握。

"好。"他站起来走了。

"生意人，信用第一。"在他身后又丢了一句过去，他停住了，要说什么，一踩脚又走了。

这样交手，实在是太不愉快了，又不抢他的，怎么要得那么辛苦呢，这是我们以血汗换来的钱啊！

晚上客人来吃饭，一吃完，我们站起来，说了晚安就走，看也不看一桌人的脸色，如果看，吃的东西也要呕出来了。

路易仍在生病，躲着。

雨是永远没有停的一天了。

五月十三日

晚上杜鲁医生拿来两封信，一封是家书，一封是骆先生写来的，第一次看见台湾来的信封，喜得不知怎么才好，快步回房去拆，急得把信封都撕烂了。

> 荷西，平儿，亲爱的孩子：当妈妈将你们两人的名字再一次写在一起时，内心不知有多么喜悦，你们分别三月，再重聚，想必亦是欢喜……收到平儿脊椎痛的信，姐姐马上去朱医生处拿药，据说这药治好过很多类似的病例，收到药时一定照爹爹写的字条，快快服下，重的东西一定不要拿，软床不可

睡，吃药要有信心，一定会慢慢好起来……同时亦寄了荷西爱吃的冬菇，都是航空快递寄去尼国，不知何时可以收到……

平儿在加纳利岛来信中说，荷西一日工作十四小时以上，这是不可能的事，父母听了辛酸不忍，虽然赚钱要紧，却不可失了原则，你们两人本性纯厚老实，如果公司太不合理，不可为了害怕再失业而凡事低头，再不顺利，还有父母在支持你们——

听见母亲慈爱的声音在向我说话，我的泪水决堤似的奔流着，这么多日来，做下女，做厨子，被人呼来喝去，动辄谩骂，怎么也撑了下来，一封家书，却使我整个地崩溃了。

想到过去在家中的任性、张狂、不孝，心里像锥子在刺似的悔恨，而父母姐弟却不变地爱着千山万水外的这只出栏的黑羊，泪，又湿了一枕。

五月十四日

路易仍不上工，汉斯拿他也没办法。

荷西总是在水底，清早便看不见他，天黑了回来埋头就睡，六点走，晚上十点回家。

今天星期六，又来了一批德国人吃晚饭，等他们吃完了，荷西才回来，也没人招呼他，悄悄地去炒了一盘剩菜剩饭托进房内叫他吃，他说耳朵发炎了，很痛，吃不下饭，半边脸都肿了。

雨还是一样下着。

关在这个监狱里已经半个月了。

德国集中营原来不只关犹太人。

五月十五日

又是星期天，醒来竟是个阳光普照的早晨，荷西被汉斯叫出海去测条沉船，这个工作总比挖水泥好，清早八点多才走，走时笑盈盈的，说下午就可回来，要带我出去走走。

没想到过了一会儿荷西又匆匆赶回来了，一进来就去敲汉斯的房门，火气大得很，脸色怪难看的。

汉斯穿了一条内裤伸出头来，看见荷西，竟"咦！"的一声叫了出来。

"什么测沉船，你搞什么花样，弄了一大批承包公司的男男女女，还带了小孩子，叫我开船去水上游园会，你，还说我教潜水——"荷西叫了起来。

"这不比挖水泥好？"汉斯笑嘻嘻的。

"何必骗人？明说不就是了。"

"明说是'公共关系'，你肯去吗？"

"公共关系是你汉斯的事，我管你那么多？"

"你看，马上闹起来了！"汉斯一摊手。

"回来做什么，把那批人丢了？"沉喝着。

"来带三毛去，既然是游船，她也有权利去。"

几乎在同时，汉斯和我都叫了起来：

"她去做什么？"

"我不去！"

"你别来找麻烦？你去。"荷西拖了我就走。

"跟你讲，不去，不去，这个人没有权利叫你星期天工作，再说，公共关系，不是你的事。"

"三毛，现在不是吵架的时候，那边二十多个人等着我，我不去，将来码头上要借什么工具都不方便，他们不会记汉斯的账，只会跟我过不去——"荷西急得不得了，真是老实人。

"哼，自己去做妓男不够，还要太太去做妓女——"我用力摔开他。

荷西猛然举起手来要刮我耳光，我躲也不躲，存心大打一架，他手一软，垂了下来，看了我一眼，转身冲了出去。

大丈夫，能屈能伸，好荷西，看你忍到哪一天吧，世界上还有比这更笨的人吗？

骂了他那么难听的话，一天都不能吃饭，总等他回来向他道歉吧！

晚上荷西七点多就回来了，没有理我，倒了一杯可乐给他，他接过来，桌上一放，望也不望我，躺上床就睡。

"对不起。"我叹了一口气，轻轻地对他说。

"三毛——"

"嗯！"

"决心不做了。"他轻轻地说。

我呆了，一时里悲喜交织，扑上去问他："回台湾去教书？"

他摸摸我的头发，温柔地说："也是去见岳父母的时候了，下个月,我们结婚都第四年了。"

"可惜没有外孙给他们抱。"两个人笑得好高兴。

五月十六日

晚上有人请汉斯和英格外出吃饭,我们三个人欢欢喜喜地吃了晚饭,马上回房去休息。

"荷西,要走的事先不讲,我二十三号先走,多少带些钱,你三十号以后有二十天假,薪水结算好,走了,再写信回来,说不做了——不再见。"

"啧,这样做——不好,不是君子作风,突然一走,叫公司哪里去找人?"

"嗳,你要怎么样,如果现在说,他们看你反正是走了,薪水会发吗?"

"他们是他们,我们是我们,做人总要有责任。"

"死脑筋,不能讲就是不能讲。"真叫人生气,说不听的,哪有那么笨的人。

"一生没有负过人。"他还说。

"你讲走,公司一定赖你钱,信不信在你了。"

荷西良心不安了,在房里踱来踱去。

外面客厅哗地一推门,以为是英格他们回来了,却听见杜鲁医生在叫人。

我还没有换睡衣,就先走出去了。

"叫荷西出来，你！"他挥挥手，脸色苍白的。

我奔去叫荷西。

荷西才出来，杜鲁医生一沓文件就迎面丢了过来。

"喂！"我大叫起来，退了一步。

"你做的好事，我倒被港务局告了。"脸还是铁青的。

"他说什么！"荷西一吓，英文根本听不懂了。

"被告了，港务局告他。"我轻轻地说。

"那条夹在水道上的沉船，标了三个多月了，为什么还不清除？"手抖抖地指着荷西。

"哪条船？"荷西还是不知他说什么。

"港口图拿出来。"荷西对我说，我马上去翻。

图打开了，杜鲁医生又看不懂。

"早就该做的事，现在合约时限到了，那条水道开放了，要是任何一条进港的船，撞上水底那条搁着的，马上海难，公司关门，我呢，自杀算了，今天已经被告了，拿去看。"他自己拾起文件，又往荷西脸上丢。

"杜鲁医生，我——只做汉斯分派的船，上星期就在跟那些水泥拼命，你这条船，是我来以前标的，来了三个半月，替汉斯打捞了七条，可没提过这一条，所以，我不知道，也没有责任。"

荷西把那些被告文件推推开，结结巴巴的英文，也解释了明明白白。

"现在你怎么办？"杜鲁还是凶恶极了的样子。

"明天马上去沉船上系红色浮筒，围绳子，警告过来的船不要触到。"

"为什么不拿锯子把船去锯开,拉走?"

荷西笑了出来,他一笑,杜鲁医生更火。

"船有几吨?装什么?怎么个沉法?都要先下水去测,不是拿个锯子,一个潜水夫就可以锯开的。"

"我说你去锯,明天就去锯。"他固执地说。

"杜鲁医生,捞船,要起重机,要帮浦抽水,要清舱,要熔切,要拖船,有时候还要爆破,还要应变随时来的困难,不是一把小空气锯子就解决了的,你的要求,是外行人说话,我不可能明天去锯,再说,明天另外一条船正要出水,什么都预备好了,不能丢了那边,再去做新的,这一来,租的机器又损失了租金,你看吧!"

我把荷西的话译成英文给杜鲁医生听。

"他的意思是说,他,抗命?"杜鲁医生沉思了一下问我,以为听错了我的话。

"不是抗命,一条大船,用一个小锯子,是锯不断的,这是常识。"我再耐心解释。

"好,好,港务局告我,我转告荷西,好,大家难看吧!"他冷笑着。

"他要告我吗?"荷西奇怪地浮上了一脸迷茫的笑,好似在做梦似的。

"杜鲁医生,你是基督徒吗?"我轻轻地问他。

"这跟宗教什么关系?"他耸了耸肩。

"我知道你是浸信会的,可是,你怎么错把荷西当做全能的耶和华了呢?"

"你这女人简直乱扯!"他怒喝了起来。

"你不是在叫荷西行神迹吗？是不是？是不是？"我真没用，又气起来了，声音也高了。

这时玻璃门哗一下推开了，汉斯英格回来，又看见我在对杜鲁医生不礼貌。

他一皱眉头，问也不问，就说："哼，本来这个宿舍安安静静的，自从来了个三毛，鸡飞狗跳，没有一天安宁日子过。"

"对，因为我是唯一不受你们欺压的一个。"我冷笑着。

杜鲁医生马上把文件递给汉斯，他一看，脸色也变了，窘了好一会儿，我一看他那个样子，就知道，他东接工程，西接工程，把这一个合约期限完全忘了。

"这个——"他竟不知如何措辞，用手摸了摸小胡子，还是说不出话来。

"荷西，我以前，好像跟你讲过这条船吧！"他要嫁祸给荷西了，再明白不过。

"没有。"荷西双手扠在口袋里坦然地说。

"我记得，是你一来的时候，就讲的，你忘了？"

"汉斯，我只有一双手，一天二十四小时，几乎有十六小时交给你，还有八小时可以休息，你，可以交代我一千条沉船，我能做的，已经尽力了，不能做的，不是我的错，而且，这水道上的一条，实在没交代过。"

汉斯的脸也铁青的，坐下来不响。

"只有一个方法可以快，船炸开，拖走，里面的矿不要了。"荷西说。

"装的是锌，保险公司不答应的，太值钱了，而且已经转卖出去了。"汉斯叹口气说。

"明天清舱,你二十四小时做,路易也下水,再雇五十个人上面帮忙,黑人潜水夫,有多少叫多少来。"

荷西听了喘了口大气,低下了头。

"打电报给罗曼,快送人来帮忙。"我说。

"来不及了。"汉斯说。

"这两天,给他们吃得好,司机回来拿菜,做最营养的东西。"他看了我一眼吩咐着。

"没有想过荷西的健康,他的肺,这样下去,要完了。"我轻轻地说。

"什么肺哦,公司眼看要垮了,如果因为我们这条船,发生了海难,大家都死了拉倒,还有肺吗?"

汉斯冷笑了起来。

"汉斯,整个尼日利亚,没有一架'减压舱',如果海底出了事,用什么救他们?"

"不会出事的。"他笑了。

我困难地看着荷西,前年,他的朋友安东尼奥潜完水,一上岸,叫了一声:"我痛!"倒地就死了的故事,又吓人地浮了上来。

"不担心,潜不深的。"荷西悄悄对我说。

"时间长,压力还是一样的。"我力争着。

"好,没什么好说了,快去睡,明天五点半,我一起跟去。"汉斯站起来走了,杜鲁医生也走了,客厅留下我们两个。

对看一眼,欲哭无泪。

道义上,我们不能推却这件事情,这不止是公司的事,也关系到别的船只的安全,只有把命赔下去吧。

晚上翻书,看到乔治·哈里逊的一句话:"作为一个披头,并不是人生最终的目的。"

我苦笑了起来,"人生最终的目的"是什么,相信谁也没有答案。

五月十七日

昨夜彻夜未眠,早晨跟着爬起来给荷西煮咖啡,夹了一大堆火腿三明治给路易和他带着,又倒了多种维他命逼他服下去,一再叮咛司机,黄昏时要回来拿热茶送去,这才放他们走了,现在连晚上也不能回来了。

荷西走了后,又上床去躺了一会儿,昏昏沉沉睡去,醒来已是下午两点多了,吓了一跳,想到牛排还冻在冰箱里,奔出去拿出来解冻,拿出肉来,眼前突然全是金苍蝇上下乱飞,天花板轰的一下翻转过来。

一手抓住桌子,才知道自己在天旋地转,深呼吸了几口,站了一会儿,慢慢扶着墙走回房去,慢慢躺下,头还是晕船似的昏,闭上眼睛,人好似浮在大浪上一样,抛上去,跌下来,抛上去,又跌下来。

再醒来天已灰灰暗了,下着微雨,想到荷西路易的晚饭,撑起来去厨房煎了厚厚的肉,拌了一大盘生菜,又切了一大块黑面包、火腿、乳酪,半撑半靠地在装篮子,人竟虚得心慌意乱,抖个不停，冷汗一直流。

"啊！在装晚饭，司机刚好来了。"英格慢慢踱进厨房来。

"请你交给他，我头晕。"我靠在桌子边，指指已经预备好的篮子，英格奇怪地看了我一眼，拿了出去。

拖着回房，觉得下身湿湿的，跑去浴室一看，一片深红，不是例假，是出血，这个毛病前年拖到去年，回到台湾去治，再出来，就止住了，这一会儿，又发了，为什么？为什么会再出血？是太焦虑了吗？

圣经上说："你看天上的飞鸟，也不种，也不收，天父尚且看顾它们，你们做人的，为什么要忧虑明天呢，一天的忧虑一天担就够了。"

荷西不回来，我的忧虑就要担到第二天第三天第四天……担到永远……

夜悄悄地来了，流着汗，床上垫了大毛巾，听朱医生以前教的方法，用手指紧紧缠住头顶上的一撮头发，尽力忍住痛，往上吊，据说，妇人大出血时，这种老方子可以缓一缓失血。

不知深夜几点了，黑暗中听见汉斯回来了，杜鲁医生在跟他说话，英格迎了出去，经过我的房门，我大声叫她："英格！英格！"

"什么事？"隔着窗问我。

"请杜鲁医生进来一下，好像病了，拜托你。"

"好！"她漫应着。

擦着汗，等了半天，听见他们在笑，好像很愉快，工程一定解决了。

又听了一会儿，汽车门砰的一关，杜鲁医生走了。

客厅的音乐轰一下又炸了出来,英格和汉斯好似在吃饭,热闹得很。

还是出着血,怕弄脏了床单荷西回来不能睡,悄悄地爬下床,再铺了两条毛巾,平躺在地上,冷汗总也擦不完地淋下来。

荷西在水里,在暗暗的水里,现在是几点啊?他泡了多久了?什么时候才能回来?

想到海员的妻子和母亲,她们一辈子,是怎么熬下来的?

离开荷西吧!没有爱,没有痛楚,没有爱,也不会付出,即使有了爱,也补偿不了心里的伤痕。

没有爱,我也什么都不是了,一个没有名字的行尸走肉而已。

"做一个披头,不是人生最终的目的。"

做荷西的太太,也不是人生最终的目的,那么要做谁呢?要做谁呢?要什么目的呢?

血,随你流吧,流完全身最后一滴,流干吧,我不在乎。

五月二十日

"不要说话,不要问,给我睡觉。"荷西扑上床马上闭上了眼睛。

三天没有看见荷西,相对已成陌路,这三天的日子,各人的遭遇,各人的经验都已不能交通,他,经历了他的,我,经历了我的,言语不能代替身体直接的感受,心灵亦没有奢望在这一刻得到滋润,痛的还是痛,失去的,不会再回来。

睡吧!遗忘吧,不要有梦,没有梦,就没有呜咽。

没有梦，也不会看见五月的繁花。

五月二十一日

锌起出来了，今天炸船，明天起重机吊。

汉斯今夜请客，报答德国大公司在这件事上借机器借人力的大功劳。

英格去买的菜，还是撑了起来，血总算慢慢地在停，吃了一罐沙丁鱼，头马上不晕了。

已经撑了二十一天了，不能前功尽弃，还有两天，汉斯欠的钱应该付了。

有一天，如果不小心发了财，要抱它几千万美金来，倒上汽油烧，点了火，回头就走，看都不要看它怎么化成灰烬，这个东西，恨它又爱它。

荷西休息了一夜，清晨又走了，意志真是奇怪的东西，如果不肯倒下来，成了白骨，大概也还会摇摇晃晃地走路吧！

只做了四个菜，没有汤，也没做甜点，也没上桌吃，喘着气，又扑到床上去。

半夜荷西推醒我，轻轻叫着："三毛，快起来，你在流血呢，是月经吗？怎么那么多？"

"不要管它，给我睡，给我睡。"迷迷糊糊地答着，虚汗又起，人竟是醒不过来。

"三毛，醒醒！"

我不能动啊!荷西,听见你在叫我,没有气力动啊!

"唉!天哪!"又听见荷西在惊叫。

"不要紧!"死命挤出了这句话,又沉落下去。

觉得荷西在拉被单,在浴室放水洗被单,在给我垫毛巾,在小腹上按摩……

没关系,没关系,还有两天,我就走了,走的时候,要带钱啊!

我们是金钱的奴隶,赔上了半条命,还不肯释放我们。

五月二十二日

早晨醒来,荷西还在旁边坐着。

"为什么在这里?"慢慢地问他。

"你病了。"

"汉斯怎么说?"

"他说,下午再去上工,路易去了,不要担心。"

"要不要吃东西?"

我点点头,荷西赶快跑出去,过了一会儿,拿了一杯牛奶,一盘火腿煎蛋来。

"靠着吃!"他把我撑起来,盘子放在膝上,杯子端在他手里。

"不流血了。"吃完东西,精神马上好了,推开盘子站起来,摸索着换衣服。

"你干吗?"

"问汉斯要钱,明天先走,他答应的。"

"三毛,你这是死要钱。"

"给折磨到今天,两手空空地走,不如死。"

"汉斯——"我大叫他。

"汉斯。"跑出去敲他的门。

"咦,好啦!"他对我笑笑。

我点点头,向他指指客厅,拿了一张纸,一支笔,先去饭桌上坐下等他,荷西还捧了牛奶出来叫我吃。

"什么事?"他出来了。

"算账。"趴在桌上。

"今天星期天。"

"你以前答应的。"

"你明天才走。"

"明天中午飞机。"

"明天早上付你,要多少?"

"什么要多少?荷西做到这个月底,有假回去二十天,我们来结账。"

"他还没做满这个月。"

"结前三个月的,一共要付我五千美金,荷西走时,再带这个月的两千,什么以前说的四百美金加班费,就算税金扣掉,不要了。"

"好,明天给你,算黑市价。"

"随你黑市、白市,亏一点不在乎,反正要美金。"

"好了吧!"他站了起来。

"五千美金,明天早晨交给我。"

"一句话。"

再逼也没有用了。

"千万不要讲不做了,度假回去,他们护照会还你,职业执照我们去申请补发,三十号,你一定要走,带钱,知道吧?"在床上又叮咛着荷西,他点点头,眼睛看着地下。

我们实在没有把握。

"箱子等我回来再理,你不要瞎累。"

临上工时,荷西不放心地又说了一句。

五月二十三日

荷西还是去上工,说好中午十二点来接我去机场,飞机是两点一刻飞"达喀尔",转赴加纳利群岛,行程是八小时。

在房内东摸西弄,等到十一点多,杜鲁医生匆匆来了,汉斯叫我出来。

"这一沓空白旅行支票,你签字。"

真有本事,要他换,什么都换得出来。

我坐下来一张一张签,签了厚厚一小本,杜鲁医生没等签完,站起来,推开椅子,走了,连再见都没说。

签完支票,开始数,数了三遍,只有一千五百二十美金,小票子,看上去一大沓。

"怎么?"我愣住了。

"怎么?"汉斯反问我。

"差太多了。"这时心已化成灰烬，片片随风飘散，无力再作任何争执，面上竟浮出一丝恍惚的笑来，对着那一千五百二十美金发呆。

"哼！"我点着头望着汉斯。

"好，好！"盯住他，只会说这一个字。

"临时要换，哪来那么多，五千美金是很多钱啊，你不知道？"他还有脸说话。

"汉斯，我有过钱，也看过钱，五千美金在我眼里，不是大数目，要问的是，你这样做人，这样做吸血鬼，天罚不罚你？良心平不平安？夜深人静时，睡得睡不着？"

"妈的！"他站起来去开了一罐啤酒，赤着脚，一手扠腰一面仰头喝酒，眼睛却盯住我。

"荷西三十号走，我们答应你的期限，已经遵守了，希望你到时候讲信用，给他假，付他薪，就算你一生第一次破例，做一次'正人君子'，也好叫人瞧得起你。"

"哼！你瞧不瞧得起我，值个鸟。"

不再自取其辱，回房穿好鞋子，放好皮箱，等荷西来接。

"怎么？只付了一千多啊？"荷西不相信地叫了，也没时间再吵，提了箱子就往车上送。

"三毛，再见！"英格总算出来握握手，汉斯转身去放唱片。

"汉斯——"我叫他，他有点意外地转过身来。

"有一天，也许你还得求我，人生，是说不定的。"我微笑地伸出手来，他没有料到我会这么心平气和地跟他告别，脸上一阵掩饰不住的赧然，快速地伸出手来。

"还再见吗？"他说。

"不知道,有谁知道明天呢?"

过了海关,荷西在铁栏外伸手握住我。

"下星期一,机场等你,嗯!"我说。

"马上去看医生,知道吧!家事等我回来做。"他说。

"好!"我笑笑,再伸出手去摸摸他的脸。

扩音器正在喊着:"伊比利亚航空公司,第六九八号班机,飞达喀尔、加纳利群岛的乘客,请在一号门登机,伊比利亚航空公司第——"

"三毛!"荷西又叫了一声,我回过身去,站住了。

"嗯!飞机上,要吃东西啊!"他眼睛湿了。

"知道,再见!"我笑望着他。

再看了他一眼,大步往出口走去。

停机坪上的风,畅快地吹着,还没有上机,心已经飞了起来,越来越高,耳边的风声呼呼地吹过,晴空万里,没有一片云。

后记

六月十二日,我在加纳利群岛的机场,再度搭乘同样的班机,经达喀尔,往尼日利亚飞去。

荷西没有回家,五月三十日,三十一日,六月一日,二日都没有他的影子。

汉斯在我走后数日撞车,手断脚断。

荷西无伤,只青了一块皮。

英格护着汉斯马上回德医治,公司失了他们,全靠荷西一人在撑,路易没拿到钱,走了。荷西亦要走,汉斯发了八次电报去加纳利岛给我,几近哀求,薪水仍然未发,越积越多,道义上,我们又做了一次傻瓜,软心的人啊!你们要愚昧到几时呢?

下机时,杜鲁医生、夫人,都在接我,态度前倨后恭。

人,总要活得有希望,再走的时候,不该是口袋空空的了。

万一下月再走,还是没领钱,那么最爱我的上帝,一定会把汉斯快快接到另外一个世界去,不会只叫他断手断腿了。

"要相信耶和华,你们的神,因为他是公义的。"

玛黛拉游记

其实"玛黛拉"并不是我向往的地方，我计划去的是葡萄牙本土，只是买不到船票，车子运不过海，就被搁了下来。

第二天在报上看见旅行社刊的广告："玛黛拉"七日游，来回机票、旅馆均可代办。我们一时兴起，马上进城缴费，心理上完全没有准备，匆匆忙忙出门，报名后的当天清晨，葡萄牙航空公司已经把我们降落在那个小海岛的机场上了。

"玛黛拉"是葡萄牙在大西洋里的一个海外行省，距本土七百多公里远，面积七百多平方公里，人口大约是二十万人；在欧洲，它是一个著名的度假胜地，名气不比加纳利群岛小，而事实上，认识它的人却不能算很多。

我们是由大加纳利岛飞过来的。据说，"玛黛拉"的机场，是世界上少数几个最难降落的机场之一。对一个没有飞行常识的我来说，难易都是一样的；只觉得由空中看下去，这海岛绿得像在春天。

以往入境任何国家，都有罪犯受审之感，这次初入葡萄牙的领土，破例不审人，反倒令人有些轻松得不太放心。

不要签证，没有填入境表格，海关不查行李，不问话，机场看不到几个穿制服的人，气氛安详之外透着些适意的冷清，偶尔看见的一些工作人员，也是和和气气，笑容满面的，一个国家的民族性，初抵它的土地就可以马上区别出来的。机场真是一个奇怪的地方，它骗不了人，罗马就是罗马，巴黎就是巴黎，柏林也不会让人错认是维也纳，而"玛黛拉"就是玛黛拉，那份薄薄凉凉的空气，就是葡萄牙式的诗。

本以为"玛黛拉"的首都"丰夏"是个类似任何一个拉丁民族的破旧港。——依着波光粼粼的大海，停泊着五颜六色的渔船，节节的石阶通向飘着歌曲的酒吧……

等到载着我们的游览车在"丰夏"的市区内，不断地穿过林荫大道、深宅巨厦和小湖石桥时，方才意外地发现，幻象中的事情和实际上的一切会相去那么遥远，我的想象力也未免太过分了些，"丰夏"完全不是我给它事先打好的样子。

我们的旅馆是一长条豪华的水泥大厦，据说有七百五十个房间，是"丰夏"最新的建筑之一，附近还有许许多多古色古香老式的旅馆，新新旧旧的依山而建，大部分隐在浓浓的绿荫里，配合着四周的景色，看上去真是一种心灵的享受。只有我们这一幢叫做"派克赌场大旅馆"的怪兽，完全破坏了风景，像一个暴发户似的跻身在书香人家洋洋自得，遗憾的是我们居然被分在它这一边。

旅馆大得有若一座迷城，豪华的东西，在感觉上总是冷淡的，矜持的，不易亲近，跟现代的文明人一个样子。

安置好房间，换上干净的衣服，荷西跟我在旅馆内按着地图各处参观了一圈，就毫不留恋地往"丰夏"城内走去。

旅馆站门的人好意地要给我们叫车，我婉拒了他，情愿踏着青石板路进城去，人行道老得发绿，一步一苔，路旁的大梧桐竟在落叶呢。

与其说"丰夏"是个大都市，不如说它是个小城市镇，大半是两三层楼欧洲风味的建筑，店面接着店面，骑楼一座座是半圆形的拱门，挂着一盏盏玻璃罩的煤气灯，木质方格子的老式橱窗，配着一座座厚重殷实刻花的木门，挂着深黄色的铜门环，古意盎然，幽暗的大吊灯，白天也亮，照着深深神秘的大厅堂，古旧的气味，弥漫在街头巷尾，城内也没有柏油路，只是石板路上没有生青苔而已。

一共不过是十几条弯弯曲曲上坡又下坡的街道，一座大教堂，三五个广场，沿海一条长堤，就是"丰夏"市中心的所有了。

住在"玛黛拉"那几日，几乎每天都要去"丰夏"，奇怪的是，这个可爱的城镇越认识它，越觉得它亲切、温馨、变化多端。

只四万人口的小城一样有它的繁华，斜街上放满了鲜花水果，栉比的小店千奇百怪，有卖木桶的，有卖瓦片的，有鞋匠，有书报摊，有糕饼铺，有五金行，还有卖衬裙、花边、新娘礼服的，也有做马鞍、制风灯的，当然还卖着一家家服装店，只是，挂着的衣服，在式样上看去就是一件件给人穿的实实在在的东西，不是给人流行用的。

这儿没有百货公司，没有电影院，没有大幅的广告，没有电动玩具，没有喧哗的唱片行，它甚至没有几座红绿灯。

这真是十七世纪的市井画，菜场就在城内广场上，卖货的，用大篮子装，买货的，也提着一只只朴素的杨枝编的小篮子，里面红的番茄，淡绿的葡萄，黄的柠檬满得要溢了出来，尼龙的口袋在这儿不见踪迹，它是一派自然风味，活泼的人间景气在这儿发挥到了极致，而它的本身就是人世安然稳当的美，这种美，在二十世纪已经丧失得快看不见了。

这样的小城，不可能有面目可憎的人，看来看去，表情都是悦目，令人觉得宾至如归，漂泊大城的压迫感在这里是再也不可能感到的。

在"丰夏"市内，碰见了几次很有趣的事情。

我们一连几次通过一个小得几乎看不见店面的老铺，里面乱七八糟地放着一堆堆红泥巴做出来的雕塑，形状只有两三种，鸽子、天使和一个个微笑的小童，进店去摸了半天，也没人出来招呼，跑到隔壁店铺去问，说是店主人在另一条街下棋，等了很久很久，才回来了一个好老好老的白发瘦老头。

当时我已经选好了一个标价三百葡币的天使像抱在怀里，老人看见了，点点头，又去拿了三个同样的天使，一共是四个，要装在一个破纸盒里给我们。

"只要一个。"我讲西班牙文，怕他不懂，又打着手势。

"不，四个一起。"他用葡萄牙文回答，自说自话地继续装。

"一——个——，老公公。"我拍拍他的肩，伸手把天使往盒子外搬，他固执地用手按住盒子。

"一个就好了。"荷西恐他听不见，对着他耳朵吼。

"不要叫，我又不老，听得见啦！"他哇哇地抗议起来。

"啊，听得见，一——个，只要一个。"我又说。

老公公看着我开始摇头，唉——的一声大叹了口气，拉了我的手臂就往店后面走,窄小的木楼梯吱吱叫着,老人就在我后面推,不得不上去。

"喂,喂,到哪里去啊?"

老人也不回答,一推把我推上满布鲜花的二楼天台。

"看!"他轻轻地说,一手抖抖地指着城外一幢幢白墙红瓦的民房。

"什么啊?"

"看啊!"

"啊?"我明白了。

原来这种泥塑的东西,是用来装饰屋顶用的,家家户户,将屋子的四个角上,都糊上了四个同样的像,或是天使,或是鸽子,也有微笑小童的,非常美丽,只是除了美化屋顶之外不知是否还有宗教上的原因。

"是啦!懂啦!可是我还是只要一个。"我无可无不可地望着老人。

这一下老人生气了,觉得我们不听话。

"这不合传统,从来没有单个卖的事。"

"可是,我买回去是放在书架上的啊!"我也失了耐性,这人怎么那么说不通。

"不行,这种东西只给放在屋顶上,你怎么乱来!"

"好吧,屋顶就屋顶吧——一个。"我再说。

"不买全套,免谈!"他用力一摇头,把盒子往地上一放,居然把我们丢在店里,自己慢慢走下街去了,神情这么地固执,又这么地理所当然,弄得我们没有办法偷买他的天使,废然而去。这样可爱的店老板也真没见过,他不要钱,他要传统。

另一次是走渴了,看见远远街角拱门下开着一家小酒店,露天座位的桌子居然是一个个的大酒桶,那副架势,马上使我联想到海盗啦、金银岛啦等等神秘浪漫的老故事,这一欢喜,耳边仿佛就听见水手们在酒吧里呵呵地唱起"甜酒之歌"来了。

很快地跑上去占了一只大酒桶,向伸头出来的秃头老板喊着:"两杯黑麦酒。"

无意间一抬头,发觉这家酒店真是不同凡响,它取了个太有趣的店名,令人一见钟情。

当老板托着盘子走上来时,我将照相机往荷西一推,向老板屈膝一点脚,笑嘻嘻地对他说:"老板,合拍一张照片如何?拜托!"

这个和气的胖子很欢喜,理理小胡子,把左腿斜斜一勾,下巴仰得高高的,呼吸都停住了,等着荷西按快门。

我呢,抬起头来,把个大招牌一个字一个字地念:"一八三二年设立——殡仪馆——酒——吧——"

老板一听我念,小小吃了一惊,也不敢动,等荷西拍好了,这才也飞快地抬头看了一下他自己的牌子。

"不,不,太太,楼上殡仪馆,楼下酒店,你怎么把两块牌子连起来念,天啊,我?殡仪馆?"

他把白色抹布往肩上一抛,哇哇大叫。

不叫也罢了,这一叫,街角擦鞋的,店内吧台上喝酒的,路上走过的,全都停下来了,大家指着他笑,擦鞋的几乎唱了起来。

"殡仪馆酒吧!殡仪馆酒吧!"

这老实人招架不住了,双手乱划,急得脸上五颜六色,煞是好看。

"你又不叫某某酒店,只写'酒店',聪明人多想一步,当然会弄错嘛!"我仰靠在椅子上不好意思地踢着酒桶。

"嗳噫!嗳噫!"他又举手,又顿足,又叹气,忙得了不得。

"这样特别,天下再也没有另外一家'殡仪馆酒店',还不好吗?"我又说了一句。

他一听,抱头叫了起来:"还讲,还讲,天啊!"

全街的人都在笑,我们丢下钱一溜烟跑掉了。

这叫——"酒家误作殡仪馆——不醉也无归"。

人在度假的时候,东奔西走,心情就比平日好,也特别想吃东西,我个人尤其有这种毛病,无论什么菜,只要不是我自己做出来的,全都变成山珍海味。

"丰夏"卖的是葡萄牙菜,非常可口,我一家一家小饭店去试,一次吃一样,绝对不肯重复。

有一天,在快近郊外的极富本地人色彩的小饭店里看见菜单上有烤肉串,就想吃了。

"要五串烤肉。"我说。

茶房动也不动。

"请问我的话您懂吗?"轻轻地问他,他马上点点头。

"串。"他说。

"五串,五——"我在空中写了个五字。

"先生一起吃,五串?"他不知为什么有点吃惊。

"不,我吃鱼,她一个人吃。"荷西马上说。

"一串?"他又说。

"五串，五串。"我大声了些，也好奇怪地看着他，这人怎么搞的？

茶房一面往厨房走一面回头看，好似我吓了他一样。

饭店陆续又来了好多本地人，热闹起来。

荷西的鱼上桌了，迟来的人也开始吃了，只有我的菜不来。

我一下伸头往厨房看，一下又伸头看，再伸头去看，发觉厨子也鬼鬼祟祟地伸头在看我。

弹着手指，前后慢慢摇着老木椅子等啊等啊，这才看见茶房双手高举，好似投降一样地从厨房走出来了。

他的手里，他的头上，那个吱吱冒烟的，那条褐色的大扫把，居然是一条如——假——包——换——的——松——枝——烤——肉——

我跟荷西几乎同时跳了起来，我双手紧张地撑住椅子，眼睛看成斗鸡眼了。

茶房戏剧性地把大扫把在空中一挥，轻轻越过我面前，慢慢横在我的盘内，那条"东西"，两边长出桌子一大截。

全饭店的人，突然寂静无声，我，成了碧姬·芭杜，大家快把我看得透明了。

"这个——"我咽了一下口水，擦着手，不知如何才好。

"玛黛拉乡村肉串。"茶房一板一眼地说。

"另外四串要退，这不行，要撑死人的。"

不好意思看茶房，对着荷西大叫起来。

大家都不响，盯住我，我悄悄伸出双臂来量了一量，一白二十公分。

我的身高是一百六十三，有希望——一串。

那天如何走出饭店的，还记得很清楚，没有什么不舒服，眼睛没有挡住，就是那个步子，结结实实的，好似大象经过阅兵台一样有板有眼的沉重。

松枝烤肉，味道真不错，好清香的。

人家没有收另外四串的钱，还附上了一杯温柠檬水给消化，他们也怕出人命。

有一年跟随父亲母亲去梨山旅行，去了回来，父亲夸我，说："想不到跟妹妹旅行么有趣。"

"沿途说个不停，你们就欢喜了啦！"我很得意地说。

父亲听了我的话笑了起来，又说："你有'眼睛'，再平凡的风景，在你心里一看，全都活了起来，不是说话的缘故。"

后来，我才发觉，许多人旅行，是真不带心灵的眼睛的，话却说得比我更多。

在"玛黛拉"的旅客大巴士里，全体同去的人都在车内唱歌，讲笑话，只有我，拿了条大毯子把自己缩在车厢最后一个玻璃窗旁边，静静地欣赏一掠即过的美景。

我们上山的路是政府开筑出大松林来新建的，成"之"字形缓缓盘上去，路仍是很狭，车子交错时两车里的游客都尖声大叫，骇得很夸张。

导游先生是一位极有风度，满头银发的中年葡萄牙人，说着流利的西班牙文，全车的乘客，数他长得最出众，当他在车内拿着麦克风娓娓道来时，却没有几个人真在听他的，车厢内大半是女人，吵得一塌糊涂。

"玛黛拉是公元十五世纪时由葡萄牙航海家在大西洋里发现的海岛,因为见到满山遍野的大松林,就将它命名为'玛黛拉',也就是'木材'的意思,当时在这个荒岛上,没有居民,也没有凶猛的野兽,葡萄牙人陆续移民来这儿开垦,也有当时的贵族们,来'丰夏'建筑了他们的夏都……"

导游无可奈何地停下来不说了,不受注意的窘迫,只有我一个人看在眼里,他说的都是很好听的事,为什么别人不肯注意他呢?

旅行团在每个山头停了几分钟,游客不看风景,开始拼命拍照。

最后,我们参观了一个山顶的大教堂,步行了两三分钟,就到了一个十分有趣的滑车车站。

"滑车"事实上是一个杨枝编的大椅子,可以坐下三个人,车子下面,有两条木条,没有轮子,整个的车,极似爱斯基摩人在冰地上使用的雪橇,不同的是,"玛黛拉"这种滑车,是过去的居民下山用的交通工具。山顶大约海拔两千五百多公尺高,一条倾斜度极高的石板路,像小河似的在阳光下闪闪发光,弯弯曲曲地奔流着,四周密密的小户人家,沿着石道,洋洋洒洒地一路排下去,路旁繁花似锦,景色亲切悦目,并不是悬崖荒路似的令人害怕。

我们每人缴了大约合一百元新台币的葡币从旅馆出发,主要的也是来尝尝古人下山的工具是怎么一种风味。

在滑车前面,必然的犹豫、争执,从那些太太群里冒出来了,时间被耽搁了,导游耐性地在劝说着。

荷西和我上了第二辆车,因为是三个人坐一排的,我们又拉了一个西班牙女孩子来同坐,她跟另外三个朋友一起来,正好分给我们。

坐定了，荷西在中间，我们两边两个女人，夹住他。

"好！"回过头去向用麻绳拉着滑车的两个葡萄牙人一喊，请他们放手，我们要下去了。

他们一听，松了绑在车两旁的绳子，跳在我们身后，车子开始慢慢地向下坡滑去。

起初滑车缓慢地动着，四周景色还看得清清楚楚，后来风声来了，视线模糊了，一片片影子在身旁掠过，速度越来越快，车子动荡得很厉害，好似要散开来似的。

我坐在车内，突然觉得它正像一场人生，时光飞逝，再也不能回返，风把头发吹得长长地平飞在身后，眼前什么都捉不住，它正在下去啊，下去啊。

突然，同车的女孩尖叫了起来，叫声高昂而持续不断，把我从冥想里叫醒过来。

"抓住荷西，抓住荷西！"我弯下身向她喊。

她的尖指甲早已陷在荷西的大腿上，好似还不够劲，想穿过荷西的牛仔裤，把他钉在椅子上一样，一面还是叫个不停。

荷西痛不可当，又不好扳开她，只有闭着眼睛，做无声的呐喊，两个人的表情搭配得当，精彩万分。

站在椅背后的人看到这种情形，跳了下来，手中的麻绳一放，一左一右，开始在我们身后拉，速度马上慢了下来。

回头去看拉车的人，身体尽量向后倾，脚跟用力抵着地，双手紧紧拉住绳子，人都快倒到地上去了，这样的情形，还跟着车在小跑，不过几分钟吧，汗从他们戴的草帽里雨似的流下来。

"上车，踩上来，我们不怕了。"我大声叫他们，那个女孩子一听，又开始狂叫。

"上来！"我再回身去叫，拖车的人摇摇头，不肯，还是半仰着跟着小跑。

这时，沿途的小孩，开始把野花纷纷向我们车内撒来，伸手去捉，抓到好几朵大的绣球花。

好似滑了一辈子，古道才到尽头，下了车，回身去望山顶的教堂，居然是一个小黑点。山路从下往上望，又成了一条瀑布似的悬挂着，我们是怎么下来的，真是天知道。

拉车的两个人，水里捞出来的似的湿透了，脱下了帽子，好老实的，背着我们，默默地在一角擦脸汗，那份木讷，那份羞涩，不必任何一句语言，都显出了他们说不出的本分和善良，我呆望着他们，不知怎么地感动得很厉害，眼睛一眨一眨地盯住他们不放。

荷西在这些地方是很合我心意的，他看也不看我，上去塞了各人一张票子，我连忙跟上去，真诚地说："太辛苦你们了，谢谢，太对不起了！"

给小账当然是不值得鼓励，可是我们才缴不过合一百块台币，旅行社要分，大巴士要分，导游再要分，真正轮到这些拉车的人赚的，可能不会占二十分之一，而他们，用这种方式赚钱，也要养活一大家人的啊！

我们抵达了好一会儿之后，才有一辆又一辆的滑车跟了下来，那些拉胖太太们的车夫真是运气不好，不累死才怪。

我注意看下车的游客，每一个大呼小叫地跨出车来，拍胸狂笑，大呼过瘾，我一直等着，希望这一排十几辆车，其中会有一个乘客，回身去谢一句拉车的人，不奢望给小费，只求他们谢一声，说一句好话，也是应该的礼貌，可是，没有一个人记得刚刚拉住他们生命的手，拉车的一群，默默地被遗忘了。

这种观光游戏，是把自己一时感官的快乐，建立在他人的劳力辛苦上，在我，事后又有点后悔，可是不给他们拉，不是连糊口的钱都没有了吗？

当时我倒是想到一个减少拉夫辛劳的好方法——这种滑车其实并不是一定要全程都拉住车子不放的，车速虽快，可是只要每几十公尺有人用力拉一把，缓和冲力，它就会慢下来。

其实，只要在滑车的背后装两枝如手杖一样钩的树枝，拉夫们每两个一组沿着窄窄的斜道分别站下去，像接力赛似的，每一辆滑车间隔一分钟滑下来，他们只要在车子经过自己那一段时，跳上去，抓住钩子，把车速一带，慢下来，再放下去，乘客刚刚尖叫，又有下一段的拉夫跳上来拉住，这样可以省掉许许多多气力，坐的人如我，也不会不忍心，再说，它是雪橇似的，没有轮子，路面是石板，两旁没有悬崖，实在不必费力一路跑着卖老命。

我将这个建议讲给导游听，他只是笑，不当真，不知我是诚心诚意的。

细细分析起来，"玛黛拉"事实上并不具备太优良的观光条件。

它没有沙滩，只有礁岩，没有优良的大港口，没有现代化的城市，也谈不上什么文化古迹，离欧洲大陆远，航线不能直达……

可是游客还是一日多似一日地涌来"玛黛拉"。

当地政府，很明白这不过是一个平凡的小岛，要吸引游客总得创出一样特色来才行，于是，他们选了鲜花来装饰自己，没有什么东西比花朵更能美化环境的了。

"丰夏"的市中心不种花，可是它卖花，将一个城，点缀得五颜六色，"玛黛拉"的郊外，放眼看去，除了山林之外，更是一片花海。

我们去的时候是秋天，可是车开了三百多公里的路，沿途的花没有断过，原先以为大半是野生的，因为它们没有修剪的匠气，茂茂盛盛地挤了个满山满谷，后来跟导游先生谈起来，才发觉这些绣球花、燕子花、菊花、中国海棠、玫瑰，全是居民配合政府美化计划一棵一棵在荒野里种出来的，不过十年的时间吧，他们造出了一个奇迹，今日的"玛黛拉"，只要去过的人，第一句话总不例外地脱口而出："那些花，不得了！"

三百多公里的道路，在我眼前飘过的花朵不下有亿万朵吧，这样的美，真怀疑自己是否在人间。

同游览车内的两个中年太太，大概实在忍不住花朵的引诱，伸手在窗外采了两朵白色的玫瑰，导游一转身看见了，只见一向和蔼有礼的他，脸色突然涨红了，狮子似的大吼一声，往这两个太太走过去，他拿起麦克风来开始在全车的人面前羞辱她们，大家都吓坏了，这个导游痛责破坏他乡土风景的游客，保护花朵有若保护他的生命一样认真，几亿朵花，她们不过采了两朵，却被"修理"得如此之惨，这是好的，以后全车的人，连树叶再也不敢碰一碰了。

怎么怪导游不生气，花朵是"玛黛拉"的命脉之一啊。

"玛黛拉"的松树长在高山上，杨树生在小溪旁，这儿的特产之一就是细直杨枝编出来的大小篮子和家具，非常地雅致朴实，柳树看得多了，改看杨枝，觉得它们亦是风韵十足，奇怪的是，每看杨树，就自然地联想到《水浒传》，李逵江边讨鱼，引得浪里白条张顺出场的那一章里,就提到过杨树。

岛上的居民几乎全住的是白墙红瓦的现代农舍,四周种着葡萄和鲜花,一丝也看不出贫穷的迹象来。

在岛的深山里,一个叫做"散塔那"的小村落,却依然保持了祖先移民房舍的式样。

茅草盖着斜斜的屋顶,一直斜到地上,墙是木头做的,开了窗,也有烟囱,小小的窄门,胖子是进不去的,这种房子,初看以为不过是给游客参观的,后来发觉整个山谷里都散着同式样的房子,有些保持得很好,漆得鲜明透亮,远看好似童话故事中的蛋糕房子一般。

"散塔那"坐落在大森林边,居民种着一畦畦的蔬菜,养着牛羊,游客一车车地去看他们的房舍,他们也不很在意,甚而有些漠然,如果换了我,看见那么多游客来参观,说不定会摆个小摊子卖红豆汤,不然,钉些一色一样的小茅屋当纪念品卖给他们,再不,拉些村民编个舞唱个狩猎歌,也可以赚点钱。

可贵的是,这只是我个人的想法,在这个山谷里,没有如我一般的俗人,游客没有污染他们,在这儿,天长日久,茅草屋顶上都开出小花来,迎风招展,悠然自得,如果那田畦里摘豆的小姑娘,头上也开出青苹来,我都不会认为奇怪,这个地方,天人早已不分,人,就是大自然的一部分了。

回归田园的渴望和乡愁,在看见"散塔那"时痛痛地割着我的心,他们可以在这天上人间住一生一世,而我,只能停留在这儿几十分钟,为什么他们这么安然地住在我的梦乡里,而我,偏偏要被赶出去?

现实和理想总没有完全吻合的一天,我的理想并不是富贵浮云,我只求一间农舍,几畦菜园,这么平淡的梦,为什么一样的辛苦难求呢?

旅行什么都好,只是感动人的事物太多,感触也因此加深,从山林里回到旅馆,竟失眠到天亮。

离开"玛黛拉岛"的前一天,我们在旅馆休息,很欢喜享受一下它的设备,可惜的是,它有的东西,都不合我的性情。夜总会、赌场、美容院、三温暖、屋顶天体浴、大菜间、小型高尔夫球,都不是我爱去的地方,只有它的温泉游泳池,在高高的棕榈树下,看上去还很愉快,黄昏时,池里空无一人,去水里躺了个痛快,躺到天空出星星了才回房。

七日很快地过去,要回去了,发现那双希腊式的凉鞋从中间断开了,这双鞋,跟着我走过欧洲,走过亚洲,走过非洲,而今,我将它留下来,留在旅馆的字纸篓里,这就是这双鞋的故事和命运,我和它都没料到会结束在"玛黛拉"。

行李里多了一只粗陶彩绘的葡萄牙公鸡,手里添了一个杨枝菜篮,这是我给自己选的纪念品。

回到大加纳利岛家里,邻居来问旅行的经过,谈了一会儿,又问:"下次去哪里啊?"

"不知道啊!"漫然地回应着。

人间到处有青山,何必刻意去计划将来的旅程呢。

温柔的夜

那个流浪汉靠在远远的路灯下,好似专门在计算着我抵达的时刻,我一进港口,他就突然从角落里跳了出来,眼睛定定地追寻着我,两手在空中乱挥,脚步一高一低,像一个笨拙的稻草人一般,跌跌撞撞地跳躲过一辆辆汽车,快速地往我的方向奔过来。

也许是怕我走了,他不但挥着手引我注意,并且还大声地喊着:"夜安!喂!夜安!"

当时,我正在大加纳利岛的港口,要转进卡特林娜码头搭渡轮。

听见有人在老远地喊着,我不由得慢下车速,等着那人过来,心里莫名其妙地有些不对劲。

那个陌生人很快地跑过了街,几乎快撞到我车上才收住了脚,身体晃来晃去的。

"什么事?"我摇下玻璃窗来问他。

"夜安!夜安!"还是只说这句话,喘得很厉害,双手一直攀在我车顶的行李架上。

我深深地看了这个陌生人一眼,确定自己绝对不认识他。

见我打量着他,这人马上弯下了腰,要笑不笑地又说了一句:"夜安!"接着很紧张地举起右手来碰着额头,对我拖泥带水地敬了个礼。

我再看他一眼,亦对他十分认真地点点头,回答他:"夜安!"趁他还没时间再说什么,用力一踏油门,车子滑了出去。

后视镜里,那个人蹒跚地跟着车子跑了两三步,两手举在半空中,左手好像还拎了一个瘪瘪的塑胶口袋。暮色里,他,像一个纸剪出来的人影,平平地贴在背后一层层高楼辉煌的灯火里,只是身上那件水红色的衬衫,鲜明得融不进薄黯里去。一会儿,也就看不见了。

卡特林娜码头满满地停泊着各色各样的轮船,去对岸丹纳丽芙岛的轮渡在岸的左边,售票亭还没有开始卖票,候船的长椅子上只坐了孤零零的一个老年人。

我下了车,低低地跟老人道了夜安,也在长椅上坐了下来。

"还没来,已经七点多了。"老人用下巴指指关着的售票窗口,搭讪地向我说。

"也去对面?"我向他微笑,看着他脚前的小黑皮箱。

"去儿子家,你呢?"他点了一支烟。

"搬家。"指指路旁满载行李的车又向他笑笑。

"过去要夜深啰!"

"是。"漫应着。

"去十字港?"

"是!"又点头。

"到了还得开长途,认识路吗?"又问。

"我先生在那边工作,来回跑了四次了,路熟的。"

"那就好,夜里一个人开车,总是小心点才好。"

我答应着老人,一面舒适地将视线抛向黑暗的大海。

"好天气,镜子似的。"老人又说。

我再点点头,斜斜地靠在椅背上打哈欠。

一天三班轮渡过海,四小时的旅程,我总是选夜航,这时乘客稀少,空旷的大船,灯光通明,好似一座无人的城市。走在寒冷的甲板上,总使我觉得,自己是从一场豪华的大宴会里出来,那时,曲终人散,意兴阑珊,此情此景,最是令人反复玩味。

黑夜大海上的甲板,就有这份神秘的魅力。

等船的人,还是只有老人和我两个。

远远的路灯下,又晃过来一个人影。

老人和我淡漠地望着那个越走越近新来的人,我心不在焉地又打了一个哈欠。

等到那件水红色的衣服映入我眼里时,那个人已经快走到我面前了。

我戒备地坐直了些,有些不安,飞快地掠了来人一眼,眼前站着的流浪汉,就是刚刚在港口上向我道夜安的人,不可能弄错,这是他今夜第二次站在我的面前了,该不是巧合吧!

想着巧不巧合的问题,脸色就不自在了,僵僵地斜望着一艘艘静静泊着的船。

一声近乎屈辱的"夜安",又在我耳边响起来,虽然是防备着的,还是稍稍吓了一跳,不由得转过了身去。

我用十分凝注的眼神朝这个流浪汉看着,那是一张微胖而极度疲倦的脸，没有什么特别的智慧，眼睛很圆很小，嘴更小得不衬，下巴短短的，两颊被风吹裂了似的焦红，棕色稀淡的短发，毛滋滋的短胡子，极皱的衬衫下面，是一条松松的灰长裤。

极高的身材，不知是否因为他整个潦倒的外形，使人错觉他是矮胖而散漫的，眼内看不出狡猾，茫茫然得像一个迷了路的小孩。

看了他一会儿，我轻轻地将视线移开，不再理会他。这一次，我没有再回答他的"夜安"。

"也要过海吗？"他说。

我不回答。

"我——也过去。"他又说。

我这才发觉这是个外地人，西班牙文说得极生硬，结结巴巴的。

因为这个人的加入，气氛突然冻结了，一旁坐着的老人也很僵硬地换了个坐姿。

"要过海，没有钱。"他向我面前倾下了身子，好似要加重语气似的摊着手，我一点反应都不给他。

"我护照掉了，请给我两百块钱买船票吧！"

"求求你，两百块，好不好？只要两百。"

他向我更靠近了一点，我沉默着，身体硬硬地向老人移了过去。

"我给你看证明……"流浪汉蹲在地上索索地在手提袋里掏，掏出一个信封，小心地拿出一张白纸来。

"请你……"好似跪在我面前一样，向我伸出了手。

他还没有伸过纸来，我已经一闪开，站了起来，往车子大步走去。

他跟上来了，几乎是半跑的，两手张开，挡住了我的路。

"只要一张船票，帮助我两百块，请你，好不好，好不好？"声音轻轻地哀求起来。

我站定了不走，看看椅上的老人，他也正紧张地在看我，好似要站起来了似的。

码头上没有什么人，停泊着的许多船只见灯光，不见人影。

"让我过去，好吗？"我仰起头来冷淡地向着这个流浪汉，声音刀子似的割在空气里。

他让开了，眼睛一眨一眨地看着我。脸在灯下惨白的，一副可怜的样子。

我开了车门，坐进去，玻璃窗没有关上。

那个人呆站了一会儿，犹犹豫豫地拖着步子又往我靠过来。

"请听我说，我不是你想的那种人，我有困难——"

他突然改用英文讲话了，语调比他不通顺的西班牙文又动人些了。

我叹了口气，望着前方，总不忍心做得太过分，当着他的面把车窗摇上来，可是我下定决心不理这个人。

他又提出了两百块钱的要求，翻来覆去说要渡海去丹纳丽芙。

这时，坐在椅子上的老人沙哑地对我喊过来："开去总公司买船票吧，那边还没下班嘛！不要在这里等了。"

一向是临上船才买票的，尤其是夜间这班。老人那么一提醒我，倒是摆脱这个陌生人纠缠的好办法，我马上掏出钥匙来，发动了车。

那人看我要开车了，急得两手又抓上了车窗，一直叫着："听我说嘛，请听我——"

"好啦！"我轻轻地说，车子稍稍滑动了一点。

他还是不肯松手。

"好啦！你……"我坚决地一踩油门，狠心往前一闯，几乎拖倒了他。

他放手了，跟着车跑，像第一次碰到我时一样，可是这次他没有停，他不停地追着，跄跄跌跌的，好像没有气力似的。我再一加速，就将他丢掉了。

船公司就在港口附近的转角上，公司占了很大的位置，他们不只经营加纳利群岛的各色渡轮，也代理世界各地船运公司预售不同的船票。

跨进售票大厅的时候，一排二十多个售票口差不多都关了，只有亮着去丹纳丽芙渡轮的窗口，站着小小的一撮买票的人。

我走去站在队尾，马上有人告诉我应该去入口的地方拿一个牌子。

拿的是二十六号，墙上亮出来的号码是二十号。

穿过昏暗的大厅，在一群早到的人审视的目光下，选了一条空的长木椅子坐下去。

也许是空气太沉郁了，甩掉流浪汉时的紧张，在坐了一会儿之后，已经不知不觉地消失了。

我的右边坐了五个男女老小，像是一家出门旅行的乡下人，售票口站着三个正在服兵役的大男孩，穿着陆军制服还在抽烟，左边隔二条长椅子，坐着另外两个嬉皮打扮的长发青年，还有十几个人散坐得很远，灯光昏昏暗暗，看不真切。

那两个嬉皮，在我坐定下来的时候就悄悄地在打量我，过了只一会儿，其中的一个站了起来，慢慢往我的方向踱过来。

我一直在想，到底那时候我的脸上写了什么记号，会使得这一个又一个的陌生人，要拿我，来试试他们的运气。

这一想，脸上就凛然得不自在了。

青年人客气地向我点点头。

"可以坐下来吗？"

温和的语气使我不得不点了点头。

也是个异乡人，说的是英语。

"请问，你是不是来买去巴塞隆纳的票？"

"嗯，什么？"一听这人不是向我要钱，自己先就涨红了脸。我断定他也是上来讨钱的啊！

"是这样的，我们有两张船票，临时决定不去巴塞隆纳了，船公司退票要扣百分之二十，损失太大了，所以想转卖给别人。"

我抱歉地向他摇摇头，爱莫能助地摊摊手，他不说什么，却也不走，沉默地坐在我一旁。

墙上的电子板亮出了二十一号。

我静静地等着，无聊地看着窗外，一辆绿色的汽车开了，一个红衣服的女人走过　就在那时候，我又看见了，在窗外，清清楚楚地赶着在过街的，那个被我刚刚才甩掉的流浪汉。

我快速地转过身，背向着玻璃，心加速地跳起来，希望他不要看见我，可是那是没有用的，知道那个人不是路过，知道他是跟着我老远跑来的，知道他是有企图地钉上了我，认定我是那个会给他两百块钱的傻瓜，现在他正经过窗口，他在转弯，他要进来了。

那个流浪汉跨进了船公司，站在入口处，第三次出现在我面前。

他的眼光扫视到我，我迎着他，恶狠狠地瞪着眼。

看得出他有一点狼狈，有羞辱，有窘迫，可是他下决心不管那些，疲惫而又坚决地往我的位子一步一步地拖过来。

明明料中的事，看他真过来了，还是被惊气得半死，恨不得跳起来踢死他。

他实在没有邪恶的样子，悲苦的脸，恍恍惚惚的，好似一个没有办法控制自己命运的人，一生里遭遇的都是人世的失意和难堪。

他走近我，小心翼翼地沾着长椅子的边，在我身旁轻轻地坐下来，他一坐下，我就故意往一边移开，当他传染病似的嫌给他看。

这时，大概他发觉我身旁还坐了一个跟他气质差不多的人，简直骇了一大跳，张着嘴，决不定要什么表情，接着突然地用手指着嬉皮，结结巴巴地低嚷了起来。

"怎么，你也向她要钱吗？"

这个陌生人如此无礼地问出这么荒谬的问题来，窘得我看着自己的靴子，像个木头人一样地僵着，看也不敢看那嬉皮。

"没有，你放心，我不向她讨钱。"嬉皮和气地安慰他，忍不住笑了出来。

那个人看见别人笑，居然也嘻嘻地笑起来，那份天真，真叫人啼笑皆非。

我不相信他是疯子，他不过是个没有处世能力而又落魄的流浪人罢了，也许是饿疯了一点。

"你看，我又来了。"他吸了一口气向我弯了弯身，又挤出一个比哭还要难看的微笑来。

我冷着脸，沉默着。

"你的船呢？"青年人问他。

"什么船？"他茫然不知所措的。

"你不是船上下来的海员？"青年肯定地说。

"我？不是啊！"他再度吓了一跳。

"我——我——我是这个，给你看。"

他又去掏他的纸头了，隔着我，递给青年人，那边接了过去。

"挪威领事馆，证明你是挪威公民，护照在丹纳丽芙被人偷掉了——啊！这么回事。"

他高兴得很，如释重负拼命点头。

"那你在这里干吗？"青年又好奇地问他。

他一指就指着我，满怀希望地说："向她请求两百块钱，给我渡海过去，到了那边，就有钱了。"

我再度被他弄得气噎，粗暴地站了起来，换到前面一张长椅上去。

这个人明明在说谎，一张船票过海是五百块，不是他说的两百。

当然，他又跟着坐了过来了。一步都不放松的。

"这样好吧？你不肯给我钱，干脆把我藏在你的车子里，偷上船，上了船，我爬出来，自己走上岸，不是就过去了吗？"他像发明什么新花样似的又兴奋地在说了。

嬉皮青年听了仰头大笑起来，我被气得太过头，也神经兮兮地笑了，三个人一起笑，疯子似的。

"不要再吵了,没有可能的,请你走吧!"

我斩钉截铁地沉下了脸,身后嬉皮青年仍在笑,站起来,走了开去,对我做了个无可奈何的鬼脸。

那个陌生人笑容还没有退去,挂在那儿,悲苦的脸慢慢铺满了欲泣的失望。

"我替你做工,洗车,搬东西,你叫我做什么我就做什么。"几乎哀求到倒下地去了,仍然固执地缠住我。

我的忍耐已到了失去控制的边缘,不顾一大厅的人都悄悄地在注视我们这一角,站起来再度换了一排椅子。

不能给他钱,一毛钱也不给他,这样过分的骚扰实是太可恶了,绝对不帮助他,何况,他是假的。

"我已经流浪了四天了,没吃、没睡,只求你帮帮忙,渡过海,到了丹纳丽芙就有钱了,我支持不下去啦,善心的,请你——"

他又跟了上去,在我旁边嗫嚅不停地讲着,好像在哭了。

"我是从挪威来度假的,第一次来加纳利群岛,住在丹纳丽芙的十字港,来了才三天,一个女人叫我请她喝酒,我就去跟她喝,喝了好多又去跟她过夜,第二天早上,醒过来,躺在一个小旅馆里,身上的护照、钱、自己旅馆的钥匙、外套,都不见了⋯⋯我走回住着的旅馆去,叫他们拿备用钥匙给我开门,我房间里面还有支票、衣服,可是旅馆的人说他们旅客太多,不认识我,不肯开,要我渡海来这边挪威领事馆拿了身份证明回去才给开房门,借了我一点钱过海来,后来,后来,就没钱回去了,一直在码头上流浪⋯⋯"

我听他那么说,多少受了些感动,默默地审视着他,想看出他的真伪来。

"只要两百块，这么一点钱，就可以渡我过去了，到了那里，开了房门，就有钱了。"

"你自己领事馆不帮你？"怀疑地问他。

他死死地摇头，不愿答一个字。

"这几天，只要渡船来了，我就跑上去求，我情愿替船上洗碗，洗甲板，搬东西，擦玻璃，什么都肯做，只要他们给我免费坐船过去，可是没有人理我，他们不听我的。"他低喊着。

"如果你肯帮助我，我一生都会记得你，两百块钱不是一个大数目，而我的幸福却操在你的手里啊！"

"这当然不是大数目，可是，我的朋友，你的困难跟我有什么相干呢？"我内心挣扎得很厉害，眼看他已经要征服我的同情心了，又眼看他将拿了我的钱，在背后诅咒我的拖延，又好似听见他暗笑我傻子的声音，这么一想，我竟残酷地回答了他上面那句话。

"好吧，当然，当然跟你没有关系……好吧……好……"他终于不再向我纠缠了。喃喃低语着，脸上除了疲倦之外，再已没有了忧伤，嘴唇又动了几下，没有发出声音来，他知道，盼望着的收获是落空了。

"总是一团糟，总是坏运气的啊！"

他突然又慢慢地抬起头来，忧愡地、濛濛地微笑起来，慢慢说出这样的句子来，像唱歌，像低泣，又像叹息。

当然，我的心灵受到了很大的震动，惊异地呆望着他，那张悲愁的脸，那个表情，终其一生，我都不能够忘记吧！

那时，窗口站着的一个军人突然向我招手，隔着老远，大声喊着："是二十六号吗？快来吧！"

我蓦然惊觉，跳了起来，那个流浪汉也惊跳了起来，我匆匆忙忙地往售票窗口跑去。

"等你二十六号好久了。"窗口的小姐埋怨起来。

"对不起，我没注意。"

"哪里？"

"丹纳丽芙，现在那班船，带车，牌子是西亚特一二七。"

售票小姐很快地开了票，向大门的方向努努嘴，说："去那边付钱，一千五百块。"

我不敢回头，往第一个小窗口走去，递进去两张千元大钞。

那时我内心挣扎得很厉害。我的意念要挣脱自己做出相反的事情来。

两百块钱只是一杯汽水，一个牛肉饼的价钱，只是一双袜子，一管口红的价钱，而我，却在这区区的数目上坚持自己美名"原则"的东西，不肯对一个可怜人伸出援手。万一，那个流浪的人说的都是真话，而我眼看他咫尺天涯地流落在这里，不肯帮他渡过海去，我的良知会平安吗？我今后的日子能无愧地过下去吗？

"喂！找钱！"窗内的小姐敲敲板壁，叫醒了在窗前发愣的我。

"快去吧！时间不多了！"她好意地又催了一句。

我抓起了船票和找回来的零钱，一甩头，冲了出去，船要开了，不要再犹豫这些无聊的事了。

夜来了，虽然远远的高楼灯火依旧，街上只是空无一人，夜间的港口，更是凄凉。

大玻璃窗就在我身后，我刚刚才走出船公司，一直告诉自己，不要回头,不要去理那一丝丝牵住我心的什么东西,绿灯马上要转亮了,我过街,拿车,开去码头,上船,就要渡到对岸去了。

可是我还是回了头,在绿灯转亮,我跨过街的那第一步,我突然回了头。

在那个老旧的大厅里,流浪的人好似睡去了一般动也不动,垂着眼睑,上身微微向前倾着,双手松松地摊放在膝盖上,目光盯在前面的地下,悲苦和忧伤像一个阴影,将他那件水红的衬衫也弄褪了颜色,时间,在他的身上已经永远不会移动了,明天的太阳好似跟这人也不相干了。

我觉得自己在跑的时候,已经回到大厅里了,正在大步向那个人跑去,踏得那么响的步子,都没有使他抬起头来。

"这个,给你。"我放了五百块钱在他手里,他茫茫然地好似不认识我似的对着我,看看钱,他还是不相信,又看我,又看钱。

"去买些热的东西吃吧!"温和地对他轻轻地说。

"你——"他喃喃地说。

"下次再向人借口要钱的时候,不要忘了,从大加纳利岛去丹纳丽芙的船票是五百块,不是两百。"我诚恳地说。

"可是,我还有三百在身上啊!"他突然愉快地喊了起来。

"你什么?"我简直不相信自己的耳朵。

"这不就是了吗?"他又喊着。

我匆匆忙忙再度跑了出来,时间已经很紧迫了,不能再回过去想,那个人最后说的是不是又是一个谎话,他实在是一个聪明的人,被我指破了他的漏洞,马上说他还有另外三百块在身上。

急急地闯进码头,开过船边铺好的跳板,将车子开进船舱,用三角木顶住轮胎，后座拿出大披风来，这才进了电梯上咖啡室去。

买了牛奶、夹肉面包，小心地托着食物，推了厚重的门，走到外甲板上去。

那时，乘客已经都上来了，船梯下面，只有一个三副穿着深蓝滚金边的制服踱来踱去。船上的铃响了，三副做手势，叫人收船梯。

那时候，在很远的码头边，一个小影子，拼命挥着一张船票，喊着，追着，往这边跑过来，我趴在船舷上往下看，要收的船梯又停下来等了。

那个人，跑近了，上了梯子，弯着腰，拼命地喘气，拼命地咳。

当我再度看见那件水红色的衬衫时，惊骇得手里的面包都要掉到水里去了，上天饶恕我，这个人竟是真的只要一张船票，我的脸，因为羞愧的缘故，竟热得发烫起来。

他上船来了，上来了，正站在我下一层的甲板上，老天爷，我怎么折磨了一个真正需要帮助的灵魂，这一个晚上，我加给了这个可怜的人多少莫须有的难堪，而他，没有骗我，跟他说的一色一样——只要两百块钱渡海过去。

那个人不经意地抬了抬头，我退了一步，缩进阴影里去，饶恕我吧，我加给你的苦痛，要收回已是太迟了。

船乘风破浪地往黑暗的大海里开去，扩音机轻轻地放着一首西班牙歌：

请你告诉我——
为什么，为什么

这世上

有那么多寂寞的人啊——

夜,像一张毯子,温柔地向我覆盖上来。

永远的马利亚

当我从兰赫先生的办公室里出来时,恰好看见荷西正穿过对面的街道向我迎了上来。

"可不可怕,兰赫说,那边公寓非派一个清洁工给我们呢,难怪房租要贵那么多。"我晃着已拿到手的新家钥匙,报告大新闻似的说着。

"啊!"荷西无所谓地漫应了一句。

"说是房租内有三千块是工人钱,三十家人,摊了四个工人,每天来家一两小时。我跟兰赫说,这种事情我可不喜欢,他竟然说不喜欢也没办法,这是规定。"我不太高兴地又在噜噜苏苏,一面用力打了一下路旁的一棵玫瑰花。

荷西并没有回答我,在空旷无人的路上,他开始对着空气,做着各种奇形怪状的可怖表情,手掌弯弯地举着,好似要去突击什么东西似的,口中微微地发出好凶的声音,狠狠地说着:

"小时候,几乎每一个带我的佣人都知道怎么欺负我,屁股上老是给偷掐得青青紫紫的,那时候胆子小,吃了她们多少苦头都不敢告状。嘻嘻——想不到二十年后也有轮到我回掐女佣人的一天,要来的这一个，不知是肥不肥，嘿嘿——"

荷西说出这样神经而又轻浮的话来实在令人生气，我斜瞪了他一眼也不说什么，想不到他竟在无人的草坪上张牙舞爪地往我嘿嘿冷笑地欺了上来。

"正经一点，人家不是你的佣人，要来的不过是个清洁工人罢了。"我厉喝着，跳开了一步。

"哈哈，都一样——都一样。"荷西又用恐怖片内复仇者的声音低喊着，假装笨重地摇晃着身体。

我空踢了荷西一脚，转身很快地逃回家去。

那一天我们在理搬家的杂物，荷西一直很兴奋的样子。

"兰赫有没有说，这个工人到底做什么事情？"他有趣地问着。

"吸尘、换床单、擦洗澡间，还有什么事就随我们了，反正每天来一下。"

"给她做了这些事，那你呢？"荷西惊奇地喊着。

"我吗？买菜、煮两顿饭、洗衣、烫衣、洗碗、浇花、理衣柜、擦皮鞋、改衣服、烘蛋糕、写信、画画、看书，还要散步、睡觉，很忙的。"

"三毛，你真会说话。"荷西做了一个难以置信的表情笑着我。

我愤怒地向他举举双手作状要扑过去，又蹲下柜子里去找东西了。

"那么忙，有一个人来，不是正合你心意吗？"他又说。

"自己的事自己做，又不是烂掉了。"我反喊地叫起来。

荷西并不理会这些，他整日为着复仇的美梦恍恍惚惚地微笑着。

我们最初租下的公寓,是一个非常小巧美丽的房间,厨房、浴室是一个个大壁柜,要用时拉开来,用完门一关上便都消失了。

因为家里的活动空间实在太小,跟荷西彼此看腻了时,另一个只有到阳台上站着看山看海看风景去。

又有时候,日子本来过得好好的,竟会为了谁在这个极小的家里多踩了谁几脚,又无聊地开始纠缠不清,存心无赖吵闹一番,当做新鲜事来消遣。

这种拥挤的日子过了三四个月,我打听到在同一个住宅区的后排公寓有房子出租,价钱虽然贵了些,可是还是下决心去租了下来,那儿共有两间,加上一个美丽的大阳台对着远山,荷西与我各得其所自然不会再步步为营了。

搬家的那一日,我们起了个早,因为没有笨重的家具要搬,自然是十分轻松的。

当荷西将书籍盆景往车上抬的时候,我抱起了一大堆衣服,往不远处的新家走去,幻想着,在这阳光和煦的春日里,我正怀抱着一大批五颜六色的万国旗,踏着进行曲,要去海滩布置一个节日的会场。这么一乱想,天,蓝得更美丽了,搬家竟变成了惊人有趣的事情。

当我拖拖绊绊地爬上三楼,拿出钥匙来时,才发觉新家的房门是大开着的。

客厅里,一个斜眼粗壮的加纳利群岛的女人正扠腰分脚定定地望着我,脸上没有什么表情,嘴巴微微地张着,看上去给人一种痴呆的感觉。

"日安！"我向她点点头，想来这个便是兰赫强迫我们接收的清洁工人了。

我将衣服丢在床上，自己也扑下去，大大地呻吟了一声。

"床刚刚铺好。"背后一声大吼袭来，我顺势便滑了下床，趴在床边望着跟上来的人发呆。

"对不起。"我向她有些惶惑地微微一笑，她不笑，仍然盯住我，我一看，又连忙将衣服它们也拉了起来，一件一件挂进衣柜里去。

"您叫什么名字？"我客气地问着这个外形粗陋不堪的人，她也正在上下打量着我。

"马利亚。"死样怪气地答着。

"这么好听的名字，跟圣母一样嘛！"我又愉快地向她说。

这一回没有回答，翻了一个大白眼。

"你家几个人？"轮到她发问了。她出口便是"你"字，没有对我用"您"，这在西班牙文里是很不礼貌的。

"两个，我先生和我，很简单的。"

"做什么的？"又说。

"潜水。"我耐着性子回答。

"什么！拳手？"她提高了声音。

"潜，不是拳。"我听了笑了起来。

这一回她很轻率地望着我哼了一声，不知是什么意思。

"你呢？你不上班？"又称我"你"字，刺耳极了。

"我在家。"我停下挂衣服的手，挑战地冷淡起来。

"好命哦！"微微又睇了我一眼。

"对不起，还要去搬东西。"我轻轻侧身经过被这马利亚挡了大半边的房门，望也不再望她就跑下楼去了。

半路上碰到慢慢开车来的荷西，我凑上去笑着对他说："恭喜你，倒是个肥肥的，不过你还是小心点好，刀枪不入的样子呢！"

新家堆满了杂物，这个清洁工人无礼地顺手乱翻着我们的书籍、照片和小摆设，一副目中无人的神情。

我几次想请她出去，可是话到口边，又因为做人太文明了，与荷西对看一眼，彼此都不愿给马利亚难堪，最后看她开始拉开衣橱，将我的衣服一件一件用手拉出一角来欣赏，我便放下了工作，很客气地对她讲话了。

"马利亚，今天我们很忙，请您明天再来好吗？"

"我今天也不是来打扫的，也不能扫嘛，都是东西。"她回答着，手可没停，又在拎一条我的长裙子。

"我倒是有些小事情请您做，替我去楼下小店买盐酸好吗？"既然她不走，我便要力阻她再放肆下去。

"买什么？"茫茫然的。

"买镪水，明天请您洗洗抽水马桶，我看了一下，都发黄了。"改用一个俗字，她便懂了。

"明天洗明天再买好了嘛！"

她这一顶我，令人为之语塞。

这时荷西在外面叫我，我走了出去，他将我一把拖到阳台上，小声地说："第一天，不要就轻慢了她，这些人，要顺着她们的毛摸啊！"

"为什么?我跟她是平等的,为什么要顺她?"我挣脱了荷西,很快地又跑进屋去了。

"你们怎么没有结婚照?一般人都有一张搁着,你们没有。"马利亚像法官似的瞪着我。

我不睬她,自去做事。

"不要是同居的吧!"她的口气简直严重到好似连带她也污染了一般,脸色好凝重的。

"是啊!我们是同居的。"荷西捉住这个恶作剧的机会,马上笑嘻嘻地回答起来。

我怒目瞪着荷西,这一来马利亚更确定了她的疑惑。荷西怕我找他算账,施施然装作没事似的踱到阳台上去了。

"没事做我得走了。"马利亚懒洋洋地又睬着我,看见书架上一包搬家带过来的口香糖,她问也不问,顺手拿了一片,剥开纸,往口里塞。

"拿钱去,明天请带一瓶镪水来。"我交给她一百块钱。

"女孩子,洗马桶我是不干的哦!"她又翻了一次白眼。

"明天开始,请您叫我太太。"我很和气地对她微笑着,眼睛却冷淡得像冰一样了。

她听了倒吸一口气,扫兴透了地说了一句:"罢了!"再见也懒得再说,一抽我手里的钱就走了出去。

当我确定这个马利亚已经下楼去了,马上关上房间,找出荷西来怒喊过去:"你疯了吗?什么同居的,那种人脑筋跟我们不一样,以后再怎么解释都没有用了。"

"就是要她心里梗上一块刺,何必解释呢,上当啦!"荷西得意非凡地大笑着。

"昨天不是还说要去掐她吗？怎么不上去把她掐走，嗯，问你，我问你！"

我又对荷西大喊了一阵，把一只玩具小熊狠狠一脚踢到墙角去。

荷西看见我发怒的样子更加高兴了，抱起我来硬打着转，口里还高唱着："马利亚，马利亚，我永远的，马利亚——"

等新家差不多理好了，想来想去不愿这样的一个女人闯进我们平静的生活里来，又跑到这个公寓管理处的兰赫先生那里去说："请您还是退我一点钱吧，我不要工人来打扫。"

兰赫是一个看上去温和，事实上十分狡猾的德国人，我们以前的公寓也是向他租的，我知道，一旦钱进了他的口袋，再要他拿出来是不太可能的了。

"这是公寓清洁维持费啊，有人帮您做家事不是很好吗？听说您常常会生病呢。"

"生病又不是做家事做出来的。"我顶了他一句，向他点点头，就大步走了开去。

"喂，兰赫先生，换一个给我怎么样？不要那个叫马利亚的来。"已经走了，又想通一个办法，这又跑了回去。

"四个都叫马利亚呢，你要换，来的还是马利亚呢！"他无可奈何地向我摊摊手。

原先，我是一个愉快的主妇，荷西从来不给我压力，我也尽责地将家事做得很好,这个家,始终弥漫着自由自在的气氛,一切随心所欲,没有谁来限制谁的生活。

自从我们家中多了一个马利亚之后,因为她早晨九点钟开始要来打扫,我便如临大敌似的完全改变了生活的习惯。

夜间再好看的书想一口气念完它,为着怕第二天早晨起不了床,强迫自己闭上眼睛睡觉。

抽水马桶马利亚早已声明是不洗的。我又不能请她洗衣、烫衣,所以她能做的事情,便是吸尘了,平日无论请她做什么,都说不在工作分内的。

从来不敢轻慢她,她来了,先是坐下来喝咖啡,再吃一些给荷西做的玉米甜饼,然后我洗早饭杯盘,她打开吸尘器随便吸吸,十五分钟吧,就算了。

当我们有一天发觉,两个人竟是同年岁时,彼此都吓了天大的一跳。

"老天爷就是不公平,你看我。"她气忿地拍拍自己肥胖的身躯叹了口气。

"很公平的,您有四个孩子,十六岁结的婚,这就是付出的代价,也是收获。"我说。

"可是你呢?你呢?你在付出什么?"她凶巴巴地反问我。

"各人的选择不同,这跟您无关嘛!"

我走了开去,总觉得马利亚潜意识里在恨我,怎么对待她都不能改变她的态度。

马利亚常常向我要东西,家里的小摆设、盆景、衣服、鞋子、杂志,吃了半盒的糖她都会开口要,有时说:"已经用了很久了,给我好吗？"

有时候她干脆说："这半盒糖想来你们不再吃了，我拿走了。"

最气人的是她拿我的盆景，只要我辛苦插枝又插活了一盆小叶子，她就会说："你有两盆嘛！我何不拿一盆去。"

有时我会明白地告诉她不能拿，可是大部分的时间，实在挂不下脸来为一点不足道的东西跟一个没有廉耻的人去计较，总是忍了下来，而心里却是一日一日地看轻了这个不自重的女人。

有一天，看马利亚照例吃完了早饭将盘子丢在水槽里开始吸尘时，我一阵不乐，再也忍耐不住了，干脆叫住了她。

"不用扫了，我看您还是每星期来一次吧，好在兰赫那儿薪水合约都是一样的。"

她一听，脸色也变了，满脸横肉，凶悍地对我叫起来："女孩子，你这是什么意思？我可没有做错事。"

"对啊！几个月来，您根本没有做过事嘛，怎么会错。"我好笑地说。

"你没有事给我做嘛！"她有些心虚了，口气却很硬。

"没有事？厨房、洗澡间每天是谁在擦？阳台是谁在扫？您来了，是谁在澡缸边跪着洗衣服，是谁在一旁坐着讲话喝咖啡？"

"咦，我又不是你全用的，你只有两小时一天呀！难道还要我洗衣服吗？"她气得比我厉害。

"别说了，马利亚，对不起，我发了脾气，请您以后每星期三来，彻彻底底地替我扫一次，就够了，好吗？"

"好吧！我走了，将来共产党当选执政了，就不会有这种事情了。"她喃喃地说。

本来不应该跟一个没有知识的女人这么计较，可是一听她如此不公平地说着，还是将我气得发晕，一脚提起来，拦住了门框，非要她讲个清楚不可。

"我们是平等的，为什么要替你做事？"她倔强地说。

"因为您靠这个赚钱，这是您分内的工作，不是平不平等的问题。"我尽力解释给她听。

"有钱人就可以叫穷人做事吗？"

"荷西难道不也在替人做事？我们的钱，也是劳力换来的呀！"

"他比我赚得多。"她喊了起来。

"您怎么不到水里去受受那个罪看？"

那一场没有结果的争执，使我对马利亚更加敬而远之了，她每周来打扫时，我大半是下山去十字港，不跟她碰面。

她的工作态度跟以前差不多，有时打扫完了我回去一看，连窗户都没打开，好在也真是不靠她做事，我又恢复了往常安静的日子。

每个月付房租时，我总是要对兰赫大人抗议一场："马利亚根本连厨房的地都不擦，我付她钱做什么，您不能讲讲她吗？"

"我知道啦！老天爷，我知道啦！她扫我的房子也是一样乱来的呀！"他无可奈何地叹着气。

"这种没有敬业精神的女人，换掉她嘛！"

"我能辞她就好啰！这年头没有天大的理由不能辞人呢！工会保护很周全的。"兰赫苦笑着。

在超级市场买菜时，那个结账的女孩子见了我就不管三七二十一地叫了起来："难怪问你有没有小孩，总是说没有，原来是不结婚同居的,啧,啧,真新派哦。"

我当然知道是谁跟她说的是非,当时等着结账的邻居很多,大家都有趣地看着我,我一句也没有解释,拿起东西就走了。

有一天,女友黛娥照例跑来了,一进门就说:"快给我看看你的金子,好朋友!"

"什么金子?"我莫名其妙地问。

"藏在茶叶罐子内的呀!"

"我自己都忘掉了,你怎么会晓得的?"我更不明白了。

"马利亚讲给你楼下那家听,楼下的传到黛安娜家去,黛安娜告诉了奥薇,奥薇在天台上晒衣服,顺口讲给卡门听,我们娃娃在天台上玩,回来说,妈妈,三毛有一块金子放在茶叶里,叫她拿出来看。"

"什么金子,不过是我们中国人传统的一块金锁片,小孩子挂的东西。"

我气忿地将茶叶倒了满桌,露出包着锁片的小手帕来。

"哪!拿去看!三毛茶叶里的金子。"我啪一下,将小手帕丢在黛娥面前。

"三毛,马利亚这人不能不防她了,下次她来打扫,你还是不出去的好。"黛娥说。

"唯一值钱的东西都被她翻出来,还有什么好担心的呢。"我苦笑起来。

下一个星期三我真是在家等着马利亚。

"马利亚,请您下次不要再翻我的东西了,不然我对兰赫去说。"我重重地说着她。

她第一次讪讪的，竟涨红了脸没有说什么。

对人说了重话，自己先就很难过，一天闷闷不乐。我喜欢和平的事情。

"有时候讨厌马利亚，可是想想她有老母亲，生肺病的丈夫，四个孩子要靠她养，心里又很同情她，不能怪她有时太鲁莽。"

吃晚饭时我跟荷西说起马利亚的事情，自己口气便温和了下来。

"她先生的确得过一次轻微的肺病，可是社会福利金是不能少他的，病假一年，收入职位都不能赖他的，这是劳工法，肺病疗养院也是社会福利，不收钱的，他生病还是领百分之百的钱呢！"荷西说。

"两个人赚，七个人用，还是不够的。"

"法兰西斯自己说的，他岳母每月在领过世岳父的退休金，再加社会福利金，收入比马利亚还要多，马利亚一个月是两万不是？"（注：约合一万台币。）

"谁是法兰西斯？"我惊奇地说。

"马利亚的先生嘛！天天在土地旁边那家有弹子房的酒馆里，他呢，喝一百几十块钱一公升的葡萄酒，你先生呀，难得跟朋友去一次，只喝得起六十八块一公升的，法兰西斯倒是大方，听说马利亚替我们打扫，还请我喝了一杯呢。"荷西说。

"那个家一共三个人有收入？"我问他。

"五个。大儿子在旅馆做茶房，大女儿在印度人的商店做店员，他们的车，是英国摩里斯进口轿车，住的是国民住宅，一个月只要付三百五十块，二十五年以后就是他们的了。"

我听了十分感触，反倒同情起自己来了，很小心地问荷西："你为什么没有这种保障呢？"

"我们的工作是看工程的，跟固定的公司不同，再说，我没有参加任何工会。"荷西很安然地说。

"为什么不参加？"我叹了口气。

"有事找律师嘛，一样的。"

"马利亚常常恨我呢，听了去年共产党竞选人的话，总是叫我——资方、资方呢！"我咬咬牙狠狠地说着。

马利亚并不是个过分懒散的人，她只是看人做事而已。

有一天我看见她挂在二楼那家人家窗外殷勤地擦玻璃窗，我有趣地站住了。

"马利亚，我住了半年了，玻璃窗一直是自己擦呢，什么时候轮到您来帮帮忙。"我笑着说。

"这家人每月另外给我小账的。"她不耐烦地说。

这家的太太听见我们谈话就走了出来，对我点点头，又在走廊上轻轻跟我说："太苦啦，孩子又多，是帮助她的。"

我抿嘴一笑跑掉了。

也许马利亚看透了我是拿她没有办法的人，有什么事情仍是大大方方地来找我。

"女孩子，法兰西斯的车今天送去保养了，没人送我回家，你送我去怎么样？"她要求人的时候，脸就软了，笑得一块蛋饼似的。

我望着她，说："不去。"

"我从来不求你的。"她的脸色僵了。

"上礼拜我发烧,黛娥到处找您,请您来换床单、扫地,您跟她怎么说的?您说,我是一个星期扫一次的,多了不去。"我好笑地说。

"本来就是嘛!"她耸耸肩。

我咬着原子笔,看了一眼这个没有良心的女人,再也不理她了,低下头来看书。

走廊那头荷西吹着口哨过来了。

马利亚马上跑上去求他,荷西无所谓地说:"好啊!我们送您回家。"又叫着:"三毛,快出来。"

"我不去。"我冷淡地说。

"我送了她就回来。"荷西喊着。

"不必回来了。"我大叫起来。

荷西过了很久才回来,说法兰西斯请他喝酒呢。又形容了马利亚的房子,四房一厅,有这个,有那个,前有小花圃,后有天井,最后又说:"还有,她有一样你做梦都在想的东西。"

"什么?"我好奇地问。

"全新电动,可以绣花的缝衣机,三万九买下的。"

我听了苦笑了起来。

"荷西,一公斤新鲜牛肉是四百六十块,马利亚的国民住宅大概每月分期三百五十块买下的,叫是下次选举她还要选共产党,你我要投什么党才能把她的缝衣机抢过来,问你?"

夏天来了,我有事去了马德里半个月。

回来时顺口便问荷西:"马利亚有没有常常来?我托了她的。"

"不知道，我上班呢，下班回来也看不出。"

"做了家事总是看得出的嘛！"

"奇怪就是看不出呢！"荷西抓抓头。

我去菜场买菜，那个算账的小姐一见了我，当大消息似的向我说："你不在的时候，马利亚在你床上睡午觉，用你的化妆品擦了个大花脸，用你的香水，切荷西吊着的火腿，下班时还把你的披肩围在身上回家，偷看你们的文件房契，还拿了你的防晒油去海边擦。"

"她自己讲的？"我带笑不笑地说。

"她自己夸出来的，我跟她说，当心三毛回来我告诉她，马利亚说，啊，三毛是傻瓜，说了也是一样的，才不在乎呢。"

"谢谢您，再见！"我笑了起来，好高兴的。

在路上遇到女友卡门，她尖叫了一声，愉快地说："呀！回来啦！以为你还在马德里呢！"

"还好回来了，你不在，荷西带女人回家，晓不晓得？"她拉拉我，低声地说。

我一向最厌恶这些悄悄话，听着脸上就不耐烦了，卡门却误会了我，以为我在生荷西的气。

"马利亚去给荷西打扫，听见里面有女人说话声，吓得她马上逃开了。"卡门说。

"又是马利亚。"我叹了口气。

"好啦！你可别跟荷西闹哦，男人嘛！"卡门扬扬手走了。

我跑到黛娥那儿去，气冲冲地对她说："马利亚那个死人，竟然说荷西带女人回家，如果他会做这种事，我头砍下来给你。"

黛娥听了大笑起来,指着自己:"女人在这里嘛!就是我呀!埃乌叫我天天去喊荷西来家吃饭,他不肯来,乱客气的。"

埃乌是黛娥的丈夫,荷西的同事。

"奇怪马利亚怎么那么会编故事,她明明看见是我。"黛娥不解地说。

"你这一阵看见她没有?"我问。

"度假去啦!不会来跟你扫地,你傻瓜嘛!"

过了十多天,有人按门铃,门外站着一个全身大黄大绿的女人,用了一条宽的黄丝巾系在头发上,脸上红红白白的,永不消失的马利亚又出现了,只是更艳丽了。

"女孩子,好久不见啦!"她亲热地一拍我的肩,高跟鞋一扭一扭地进来了。

"快给我杯啤酒,热死人了。"她一向是轻慢我的。

"您算来上工吗?"我笑着说。

"上工?你疯了?我是下来买菜的,顺便来看你。"

"谢谢!"我说。

"你在马德里还玩得好吗?"

我又谢了她,她喝完冰啤酒便走了。

对这个人,她还不配我跟她闹。

在那天下午,我再度进了兰赫的办公室。

"马利亚不必再替我打扫,这三千块清洁费我这月起也不再付您了。"我简单地向他宣布,这一次不再是商量了。

"这不合规定,早就说过了。"兰赫自然又来这一套,不很客气了。

"什么规定？谁定的？住户租屋，要强迫合请佣人吗？请了个无耻的不负责任的工人来，您明明知道得很清楚，管过她吗？"我冷笑起来。

"你不付，我薪水平均不过来了。"他脸色也难看了。

"那是您的事情，这十个月来，我一忍再忍，对您抗议了快二十次这个马利亚，您当我过一回事吗？"说着说着我声音就高昂起来了。

兰赫没有什么话好回答，恼羞成怒，将原子笔啪一下掷在桌上。我本来亦是在气头上，又看见这人这么的态度，自己也恶劣起来，完全没有考虑个人的风度，顺手举起那本厚电话簿，惊天动地地给他摔在桌上。走出去时，想到平日每月准时去付房钱时，亲热地叫着他："兰赫先生！兰赫先生。"自己又是一阵恶心，将他的办公室门嘭一把推开，昂然走掉了。

好多年没有对外人那么粗暴，闹了一场回来，心跳得要吃镇静剂。

没多久，听说兰赫多给了马利亚半年的薪水算遣散费把她退了。

又听说马利亚要告兰赫悔约。

再听说马利亚终于争取到多一年的薪水，不再闹了，同时她的社会福利开始给她为期两年的失业金，金额是原薪水的百分之七十五。

有一日我去后山新的一个住宅区散步，突然又看见马利亚了，她在一幢白房子的阳台上拼命叫我，样子非常得意。

"您在上面干吗?"我喊着。

"看护一个有钱的外国老太太,薪水比以前好,又没有人管我,这里政府查不到,失业金照领呢!"她好愉快地说。

"恭喜了!"我无可奈何地说。

这时,一个削瘦的坐轮椅的老太太,正被马利亚粗鲁地一把推出阳台来,快得像炮弹一样。

老人低着头,紧紧地抓住扶手,脸上一副受苦受难怯怯的表情。

我别了马利亚,经过芭蕉园,在一个墙洞里,发现一座小小的圣母像灰尘满身地站着。

伸手摸摸,是水泥黏住的塑像。

我搬来了一块石头做垫脚,拉起自己的长裙子替圣母擦起脸来。望了一下四野,芭蕉树边一丛月季花,我跳了下去,采了一朵来,放在圣母空空的手中。

这时好似听见兰赫在说:"她们都叫马利亚,换一个来,又是一个马利亚,都一样的。"

又好似听见荷西在高歌:"马利亚,马利亚,我永远的马利亚——"

我细细地擦着这座被人遗忘了的圣像,在微凉的晚风里,圣母的脸上仿佛涌出一阵悲恸,我呆住了,再一细看,她仍是低着头,一样的温柔谦卑,手中的月季花,却已跌在地上了。

石头记

那几天海浪一直很高,整片的海滩都被水溺去了,红色警示旗插得几乎靠近公路,游人也因此绝迹了。

我为着家里的石头用完了,忍不住提了菜篮子再去拾些好的回来。

其实,那天早晨,那个人紧急煞了车从路上往海边奔来时我是看见的,还看见他举着双手,我茫茫然地看了他一眼,觉得这跟我没有关系,就又弯下腰去翻石头了。

再一抬头,那人已闪电也似的奔到我面前来了,他紧张的脸色似乎要告诉我什么,可是他却来不及说话,抓住我的手返身就跑,我踉跄地跟了几步,几乎跌了一跤,乱扭着手腕想从这个陌生人的掌握里挣脱出来,他越发地拉紧我向公路上拖,一面快速地回过脸,向我哇哇乱喊,身后的大海万马奔腾,哪里听得清他在叫什么。那个人的表情十分恐怖,我看了很怕,莫名其妙地跟着他舍命地跑了起来。

这人再跑了几步,突然回过身来,用双臂环抱着我,在我耳边叫喊着:"来了,拉住我。"

我也回身向背后的海望去，这才发现，天一般高的大浪就在我眼前张牙舞爪地噬了上来，我知道逃不过了，直直地吓得往后仰倒下去，一道灰色的水墙从我头顶上哗的一声罩了下来，那一霎间，我想我是完了，缓缓地闭上了眼睛。

在水里被打得翻筋斗，四周一片的昏暗，接着一股巨大的力量将我向外海吸出去，那在身后死命抱住我的手臂却相反地把我往岸上拖，我呛着水想站起来，脚却使不出气力，浪一下退远了，我露出了头来，这又看见另外一个人急急忙忙地踏着齐胸的水伸着手臂向我们又叫又喊地过来。

"快，下一浪又要来了！"拖住我的那个人大喊着。

两个人挟着我出了水，一直拖到快上了公路才将我丢了下来。

我跌坐在地上不停地呛，牙齿不住地格格地抖着，细小的水柱从头发里流进眼睛里去。

"谢谢！"我呛出这句话，趴在膝盖上惊天动地地咳起来。

救命的两个人也没比我镇静多少，只是没有像我似的瘫在地上，其中的一个用手捂着胸口，风箱似的喘着。

过了好一会儿，那个中年人，第一个下水救我的不太喘了，这才大声向我叱骂起来。

"要死啊！那么大的浪背后扑上来了，会不知道的？"

我还是在发抖，拼命摇头。

中年人又喊："昨天这里卷走两个，你要凑热闹不必拉上我，我打手势你看到了，为什么不理，嗯？"

我抬起头来呆呆地望着他，他满面怒容地又喊："嗯，为什么？"

"对不起,对不起,真的不是故意的,对不起。"我哀叫起来,恨不得再跳下水去,如果这个人因此可以高兴一点。

"喂,你的篮子。"另一个后来跑上来帮忙的年轻人把菜篮拾了过来,放在我脚边,他全身也湿透了。

"那么早,在捡螃蟹吗?"他好奇地问着。

我偷偷瞄了在拧湿衣服的中年人一眼,心虚地轻轻回答:"不是。"

篮子里躺着圆圆的十几块海边满地都是的鹅卵石。

中年人还是听到了我们的对话,伸过头来往篮内一探,看了不敢相信,又蹲下去摸了一块在手里翻着看,又看了半天,才丢回篮子里去,这才做出了个"我老天爷"的姿势,双手捂着太阳穴,僵着腿,像机器人似的卡拉一步,卡拉又一步,慢慢地往他停在路边的红色汽车走去,连再见都不肯讲。

"先生,请留下姓名地址,我要谢您。"我慌忙爬了起来,追上去,拉住他的车门不放。

他叹了口气,发动了车子,接着又低头看了一眼全身滴水的衣服,疲倦地对我点点头,说:"上帝保佑你,也保佑你的石头,再见了!"

"上帝也保佑你,先生,谢谢,真的,谢谢!"我跟在车后真诚地喊着,那位先生脸上的表情使我非常难过,他救了我,又觉得不值得,都写在脸上了。

"唉,他生气了!"我望着远去的车子喃喃地说着。

身旁的年轻人露出想笑的样子,从我篮子拿了一块石头出来玩。

"捡石头做什么？"他问。

"玩。"我苦笑了一下。

"这么好玩？"他又问。

我认真地点点头。

"把命差点玩掉啰！"他轻轻地半开玩笑地说。接着吹了一声长哨，把他的狗唤了过来，双手将湿衣服抖一抖，就要走了。

我赶快跑上去挡住他，交缠着手指，不知要如何表达我的谢意，这样陷害人家，实在太说不过去了。

"我赔你衣服。"我急出这一句话来。

"没的事，一下就干了。再见！"他本来是要走了，这时反而小步跑开去了，脸红红的。

人都走了，剩下我一个人坐在路边，深灰色的天空，淡灰色烟雾腾腾翻着巨浪的海，黑碎石的海滩刮着大风，远方礁石上孤零零地站着一个废弃了的小灯塔，这情景使我想起一部老电影《珍妮的画像》里面的画面。又再想，不过是几分钟以前，自己的生命，极可能在这样凄凉悲怆的景色里得到归宿，心中不禁涌出一丝说不出的柔情和感动来。

回家的路上，大雨纷纷地落下来，满天乌云快速地游走着，经过女友黛娥的家，她正抱着婴儿站在窗口，看见我，大叫了过来："啊，清早七点多，梦游回来了吗？"

"还说呢，刚才在下面差点给浪卷掉了，你看我，脸都吓黄了。"拉起湿湿的头发给她看。

"活该！"她笑了起来。

"你看，捡了十几块。"我把篮子斜斜地倾下来给她看。

"真是神经,起那么早,原来是在搞这个。"她惊叹着。

"根本还没睡过,画到清早五点多,荷西去赶工,我也干脆不睡到海边去玩玩。"我认真地说。

"什么时候才画得完,我的那块轮到什么时候?"黛娥又急切地叫了过来。

"我也不知道呢,再见了!"迎着大雨快步跑回家去。

去年耶诞节的时候,我的一个女友送了我一大盒不透明水彩,还细心地替我备了几支普通的画笔。

老实说,收到这样的东西,我是不太开心的,它只能算一件工具,一份未完成的礼物,还得自己再加创造才知道它会成什么样子。

当时,我马上把很多用白线缝过的衣服翻了出来,细细地调出跟衣料一样的颜色,将它涂在不衬而刺眼的白线上,衣服一下变好看了很多。

后来,我碰到了这个送颜料的女友,就把牛仔裤管下面自己缝的地方给她看,告诉她蓝色的线原是白的,是她的颜料涂蓝的。

我的女友听了我的话十分窘迫地说:"三毛,送你颜料是希望你再画画儿,不是给你染白线用的;缝衣服,街上卖线的地方很多——"

我听了这话就认真地思索了一会儿,画画我是再也不会做了,上辈子的事不能这辈子再扯回来。

所以我只是望着这个女友笑,也不说什么。

后来我一个人去港口看船,无意间发觉一家小店竟然在卖画好的鹅卵石，比青果还小的一枚小石头，画得五颜六色，美丽非凡，我看了好欢喜，忍不住买下了一块，回来后，把玩不已，心里又挂念着那些没有买回来的。第二天清晨又跑去看，又忍不住带回来了另一块，黄昏又去了一趟，这次是跟女友黛娥一起去的，结果又是买了一块回来，三块石头，花掉了一星期的菜钱。

"你如果吃石头会更高兴对不对？"黛娥问我，我举着石头左看右看，开心地点头。

"自己画嘛，这又不难。"黛娥又说。

我被她一说，不知怎的动了凡心，彩石太诱人了！

海滩就在家的下面，石头成千上万。

第一天决心画石头，我只捡了一块胖胖的回来。

完全不知道要画什么，多年不动画笔，动笔却是一块顽石，实在不知道为了什么有这份因缘。

"这不是艺术，三毛。"荷西好笑地说。

"我也不是画家。"我轻松地答着。

夜来了，荷西睡了，我仍然盘膝坐在地上，对着石头一动不动地看着——我要看出它的灵魂来，要它自己告诉我，藏在它里面的是什么样的形象，我才给它穿衣打扮。

静坐了半夜，石头终于告诉了我，它是一个穿红衣服黑裙子，围着阔花边白围裙，梳着低低的巴巴头，有着淡红双颊深红小嘴，胸前绣着名字，裙上染着小花的一个大胖太太，她还说，她叫——"芭布"，重九十公斤。

我非常欢喜，马上调色，下笔如同神助，三小时之后，胖太太芭布活龙活现地在石块上显了出来，模样非常可亲，就是她对我形容的样子，一点也不差。为了怕她再隐进去，我连忙拿亮光漆轻轻地在石上拂过，把她固定，颜色就更鲜明起来了，竟然散发着美丽灵魂的光泽。

我的第一块彩石，送给荷西，他没有想到一觉睡醒粗陋的小石头变成了一个胖太太，这样惊人的魔术使得我们两人都欢喜得不知怎么才好，我一提菜篮，飞奔海滩，一霎间所有的石头都有了生命，在我眼前清清楚楚地显现出来。

"照什么画的，照什么画的？"黛娥来看了，也兴奋得不得了，叫个不停。

"石头自己会告诉你该画什么，只要你静下心来跟它讲话，不用照画册的。"当时我正弯着头细心地在一块三角形的石头上画一个在屋顶烟囱上筑巢的鹳鸟，石块太小，我以极细的小点代替了线条，这样远看上去是非常有诗意的。

"石头会跟你说话？"黛娥呆了。

"国王有新衣吗？"我反问她，她马上摇头。

"在我，这个童话故事里的国王是穿着一件华丽非凡的新衣服的。"我笑着说。

"当然，有想象力的人才看得见。"我慢慢地又加了一句。

黛娥急急忙忙拿起一块圆形的石头来，歪着头看了一会儿，说："没有，它不说话，不过是块石头罢了。"

"对你是石头，对我它不是石头。"

那是今年一月的对话。

二月时，我画完了颜料，我用光了一小罐亮光漆，我不断地去海边，日夜不停地默对着石头交谈，以前，石头是单独来的，后来它们一组一组来，往往半个月的时间，夜以继日地画个不停，只画出了一组几块小石头而已，石头大半都有精致高贵的灵魂，我也不烦厌地一遍又一遍仔细到没法子再仔细地、完美地去装饰它们。

有一天，我把石头放好，对着自己画出来的东西严格地审视了一遍，我突然发觉芭布不知怎的那么不整齐，围裙原来是歪的，眼睛又有点斜白眼，那支鹳鸟腿好像断了一般不自然，长发少女表情扭捏作态，天鹅的脖子打结了一般，小鹿斑比成了个四不像，七个穿格子裙的苏格兰兵怎么看都有嫌疑是女人装的，美丽的咕咕钟看来看去都是一只蛋糕——

我非常地伤心，觉得石头们背叛了我，以前画它们时，没有看出这些缺点的啊。

想了一夜，第二天把石头都丢回海里去了。

黛娥听说这么多美丽的彩石都被丢掉了，气得跺脚。

"不要气，不过是石头罢了。"我笑着说。

"对我，它们不是石头。"她伤心地说。

"啊，进了一步，见石不是石了。"我拍手嚷了起来。

不合意的东西，是应该舍弃的。不必留恋它们，石头也是一样，画到有一天，眼睛亮了，分辨出它们的优劣，就该把坏的丢掉，哪怕是一块也不必留卜它来。

我不知不觉地一日复一日地沉浸在画石的热情里，除了不得已的家事和出门，所有的时间都交给了石头，不吃不睡不说话，这无比的快乐，只有痴心专情的人才能了解，在我专注的静静的默坐下，千古寂寞的石魂都受了感动，一个一个向我显现出隐藏的面目来。

有时候，默对石头一天一夜，它不说话，我不能下笔。有时下笔太快，颜色混浊了，又得将它洗去再来，一块石头，可以三小时就化成珍宝，也可以一坐十天半月没有结果。

呼唤它是最快乐了，为它憔悴亦是自然得不知不觉。有一天，我笔下出现了一棵树，一树的红果子，七只白鸟绕树飞翔，两个裸体的人坐在树枝浓荫深处，是夜晚的景色，树上弯弯地悬了一道新月，月光很淡，雨点似的洒在树梢……

荷西回来，见到这幅文字再也形容不出来极致的神秘的美，受了很大的感动，他用粗麻绳圈了一个小盘托，将这块石头靠书架托站了起来。

"三毛，伊甸园在这里。"他轻轻地说，我们不敢大声，怕石里面幸福的人要惊醒过来。

后来，我放弃了过分小巧的石头，开始画咖啡杯口那么大的，我不再画单一的形象，我画交缠的画面，过去不敢画太清楚的人脸，现在细致忧伤的表情也有把握了，藏在石头里的灵魂大半是不快乐的，有一个仰着乱蓬蓬的头发口里一直在叫："哦——不——哦——不——"

另有一个褐衣面带微笑的小女孩，在画她时，她心里一直在喊："救命——救命——救命——"我听见了，用英文字在她的画像上围了一圈"救命——救命——救命——救命——"。

还有一个音乐师带了一只鸡坐在红色的屋顶上拉小提琴，音符在黄黄红红的大月亮上冻住了，那是一块正方形的石头里的灵魂。

我不断地画，不断地丢，真正最爱最爱的，不会超过五六块，我不在乎多少，我只要最好的。

黛娥住在家附近，她每次都带了两个孩子来看我，我一听见她婴儿车的声音，就跳起来把最宝贵的一批石头藏进衣柜里去。

打扫的女工每星期来一次，来了也是拿块抹布在我身边看画看痴了似的，我付房租时几次对公寓的管理人说，我不要人服侍，可是公寓是一起收费的，不要工人也不行。

那天我在海边"鬼门关"里回来之后一直很不开心，做什么都不带劲，工人马利亚来打扫，发现我居然不坐在桌前画石头，十分意外，我又重复了一遍什么脸也吓黄了、差点捡石头溺死了的话给她听。

"不要再画了，这么弄下去总有一天要送命的，山上没有石头吗？"她听了关心地嚷起来。

"海边石头细，圆，山上没法比的。"我叹了口气，等她桌子一擦好，习惯性地又坐了下去，顺手摸了一块石头来，又痴痴地看起来。

"你难道靠这个吃饭吗？"马利亚无可奈何地叹息起来。

天下多少真正的艺术家，就因为这份情痴，三餐不继，为之生、为之死都甘愿，我的热情和才华，比较起他们来，又是差太多了，而马利亚想的还是吃不吃饭的问题，她不知道，世上有一种人是会忘记吃饭的。

我很珍爱少数几块被我保存下来的石头，是我画了几百块石头里面挑出来的最极品。对我，它们有灵魂，有生命，有最细的技巧，最优美的形状和质地，只要握这石头中间任何的一块，我的心真会不知怎的欢欣感动起来，它们是自己与我交谈了很久很久，才被我依照它们想要的外形画出来的。

为了这十一块石头，我买下了一个细小的竹篮子，里面铺上了红色的绒布，轻轻地盖着我的宝贝，绝对不轻易展示给别人看，每天起床，我总是拿了它们，坐在阳台上晒着太阳，轻轻地拂擦它们已被亮光漆保护得很好的颜色，这种幸福，是没有东西能够代替的。

复活节来了，过去我们居住在大加纳利岛的邻居来了一大家，要在丹纳丽芙度四天假，加纳利群岛的大家族来起来总是一群十几个的，他们突然来看我，我自然十二分地高兴，奔了出去买食物和成箱的啤酒，又去海边通知荷西叫他早回来，乱了一阵才抱着大批烤鸡回家。

脚没上楼，就听见一向只有鸟叫点缀的安静公寓吵得成了大菜场，德国老太太吓得拉住我拼命指我们的门。

"不要怕，是我的朋友们来了，只吵一下午就走。"我愉快地安慰她，她结果还是做出了愤怒的表情。

冲进门去，啤酒发给男人们喝，几个年轻女人们一起涌进小厨房来帮忙，又挤又笑，不停地讲话，愉快得不得了。

这时候，其中有一个洛丽说："三毛，你那一篮石头是自己画的还是人家给的？真好看。"

我开罐头的手突然停住了，来不及回答，匆匆往客厅走，身边四个十岁以下的小男孩野人打战似的穿来穿去。

我的石头，我的命根，被丢了一地，给大人踩来踩去，小孩子捡了在玩，其中一个很小的胖男孩，洛丽的儿子，居然把我视为生命归宿的那块伊甸园拿在嘴里用牙齿啃，我惊叫一声扑上去舍命抢了下来，小孩尖叫狂哭，女人们都奔出来了。

"什么都可以拆，可以动，这些石头不行。"我对围过来的孩子们大嚷，把聚拢来的石头高高地放在书架最上一层。

"难怪三毛紧张，这些石头实在是太美太美了。"洛丽的妹妹班琪叹着气，无限欣赏地说。

接着她说出了我已经预料得到的话："给我一块，我那么远来看你。"

"你要，以后替你画，这几块绝对不可能。我一生再也画不出比这十一块更好的石头了。"

班琪也不再争了，可是坏坏地笑着，我有些不放心，把石头又换到抽屉里去。

后来大伙儿就吃饭了，乱哄哄地吃，热闹得一塌糊涂，说话得叫着说才听得见。

这些好朋友，一阵旋风似的来，又一阵旋风似的走了。

我那日被搞得昏头转向，石头就忘记了。

直到第二天，想起藏着的石头，拉开抽屉把它们请出来，才发觉好像少了三块。

我心跳得不得了，数了又数，一共是七块，少了四块，整整的四块，我完全记得它们是什么，它们是一个流泪的瘦小丑，一个环着荆棘的爱神，一整座绕着小河的杏花村，还有那个一直在叫救命的微笑小女孩。

我的心差点啪一下碎成片片。班琪偷走了我四个灵魂。

我难过了很久很久，决定这余下来的七块石头要锁到银行保险库里去，绝对不给任何人看了。

我们租的保险柜在大加纳利岛的中央银行，里面放了一些文件，还有几枚母亲给我的小戒指，其他没有东西了，我们暂时搬家时，也用不着去开。

一时不回大加纳利岛去,我的七块宝石就用报纸包好,放在一个塑胶袋里,再藏在床底下,对马利亚,我一再地说,床下的是石头,不要去动它,我再也不去拿出来给人看了。

有一天早晨,我先去买菜,买好菜又转去公寓管理处付房租,跟收款的先生随口聊着天气,他说:"这一阵很多人感冒,马利亚今天也没上工,说是生病了。"

"啊!那我回去打扫。"我说着站了起来。

"不要急,有替工的,正在你房里扫呢。"

我突然有些不放心,急急地走了出来,快步往家里走去,还没到,就听见吸尘器的声音,心里一块铅遽然地落了下来。

"早啊!"我笑着踏进房,看见一个很年轻的女孩子在吸尘,她人在,我总放心了。

为了不妨碍她工作,我关上了厨房的门,冲了一杯红茶,要丢茶袋时,发觉昨天的垃圾已经倒掉了,这不是马利亚的习惯。

我心里又有点发麻,镇静地慢慢走进卧室,弯下腰来看看我的石头还在不在,可是床下除了地毯之外,还是地毯,我的石头,不见了!

我双手扑进床底下乱摸,又趴了下去,钻了进去找,袋子没有了,什么地方都没有。

我冲了出去,喊着:"床下的口袋呢?"

"刚刚垃圾车经过,我连同厨房的垃圾、床下的报纸一起赶着丢掉了。"细声细气地回答着。

没有再听下去,我一口气飞下了楼,哪里还有垃圾车的影子。

当时我实在不知道要去哪里,我激动得很厉害,清洁工人没有错，我不能这样上楼去吓她骂她，我冲到黛娥家去，她不在，我就一直冲，一直冲，直到了海边，冲进礁石缝里，扑在一块大黑石头上惊天动地地哭了起来，哭了很久很久，没了气力，这才转过身，对着大海坐了下来。

风呼呼地吹了起来，海水哗哗地流着，好像有声音在对我说："不过是石头！不过是石头！"

我听见这么说，又流下泪来，呆呆地看着海滩上满满的圆石子，它们这一会儿，都又向我说话了："我有一块石头，它不是属于任何人的，它属于山，它属于海，它属于大自然……怎么来的，怎么归去——"

我不相信石头对我说的话，我捡拾它们时曾经几乎将生命也付了上去，它们不可能就这样地离开我。

我一直在海边坐到夜深，月亮很暗，星星占满了漆黑的天空，我抬起头来叹息着，突然看见，星星们都退开了，太阳挂在天空的一边，月亮挂在天空的另一边，都没有发光，中间是无边深奥的黑夜，是我失去的七块彩石，它们排列成好似一柄大水勺，在漆黑美丽的天空里，正以华丽得不能正视的颜色和光芒俯视着地下渺小哀哭的我。

我惊呆了，望着天空不能动弹，原来是在那里！我的身体突然轻了，飞了出去，直直望着天空，七块石头越来越近，越来越大，它们连成一只大手臂，在我还没有摸触到其中的任何一块时，已经将我温柔地拥抱了进去。

相逢何必曾相识

我的朋友莫里离开这儿已快一个夏季了。

每看到他那张斜斜插在书架上的黑白照片,心里总是涌上一阵说不出的温柔。

窗外的大雪山泰德峰依旧如昔,衬着无云的长空。

就在那座山脚下的荒原里,莫里穿着练武的衣服,在荷西跟我的面前,认认真真地比划着空手道,每跨出一步,口里都大喊着——啊—— 啊 —

那个冬日积雪未散,日正当中,包括莫里在内,大地是一片耀眼的雪白。当他凌空飞踢出去的时候,荷西按下快门,留住了这永恒的一霎。

所谓阳刚之美,应该是莫里照片里那个样子吧。

这时候的莫里不知飘流在世界哪一个角落里,他是不是偶尔也会想念荷西跟我呢?

认识莫里是去年十二月初的事情。

冬日的十字港阳光正好,游人如织。

因为一连串的节日近了,许多年轻人将他们自己手工做出来的艺术品放在滨海的人行道上做买卖,陆陆续续凑成了一条长街的市集。

这一个原先并不十分动人的小渔港,因为这群年轻人的点缀,突然产生了说不出的风味和气氛。

当我盼望已久的摊贩出现在街上的第一日开始,荷西与我便迫不及待地跑下港口去。

五光十色的市集虽然挑不出什么过分特别的东西,可是只要在里面无拘无束地逛来逛去,对我们这种没有大欲望的人来说,已是十二分愉快的事了。

第二次去夜市的时候,我们看中了一个卖非洲彩石项链的小摊子,那个摊子上煤气灯照得雪亮,卖东西的人却隐在一棵开满白花的树下,看不清楚他的样子。

"请问多少钱一条?"我轻声问着。

卖东西的人并没有马上回答,朦胧中觉着他正在凝望我。

"请问是日本人吗?"花下站着的人突然说。

在这样的海岛上听到日语使我微微有些吃惊,一方面却也很自然地用日语回答起来。

"我不是日本人,是中国人哩!"我笑说。

"啊!会说日文吗?"这人又惊喜地说。

"一共只会十几句。"我生硬地答着,一面向荷西做了一个好窘的表情。

在我们面前站着的是一个英俊非凡的日本人,平头,极端正的五官,长得不高,穿着一件清洁的白色套头运动衫,一条泛白的牛仔裤，踏着球鞋，昂昂然地挺着腰，也正含笑注视着我呢。

"嗯——要这个，多少钱？"我举起挑好的两串项链给他看，一说日文，话就少了。

"每条两百块。"很和气地回答着。

"怎么样？一共四百。"我转身去问荷西，他马上掏出钱来递了上去。

四周的路人听见我们刚才在说外国话，都停住了脚，微笑地盯住我们看。

我拿了项链，向这个日本人点点头，拉了荷西很快地挤出好奇的人群去。

走了没几步，身后那个年轻人追了上来，拿了两张百元的票子不由分说就要塞回给荷西。

"都是东方人，打折。"他谦虚地对荷西改说着西班牙文，脸上的笑容没有退过。

荷西一听要打折，马上退了一步，说着："不要！不要！"

这两个人拼命客气着，荷西挣扎不过，都想拿了，我在一旁喊了起来："不能拿，人家小本生意啊！"

路人再度停住了，笑看着我们，我急了，又对日本人说："快回去吧！摊子没人管了。"

说完用力一拖荷西，发足奔逃开去，这人才没有再追上来。

跑了一阵，荷西很快地不再去想这件事，专心在街头巷尾找卖棉花糖的摊子。

我跟着荷西大街小巷地穿出穿进，最后还是忍不住说了："不行，一直忘不掉那个人。"

"什么人？"

"刚才那个日本人。"我叹了口气。

荷西在粉红色的棉花后面眨也不眨眼地瞪着我。

"想想看，一个陌生人，对我们会有那样的情谊。"我慢慢地说。

"可是我们没有拿他的钱呀！"荷西很干脆地回答，还做了个好天真的手势。

"拿，不拿，这份情，是一样的，这个道理你都不明白吗？"我再叹息起来。

"要怎么样才能忘记他，你说吧！"

"流浪的人，也许喜欢吃一顿家常菜，你答应吗？"我温柔地求着荷西。

荷西当然是首肯的，拉着我便往回走。

这一回我们绕到那日本人的摊子后面去，轻轻敲着他的肩。

荷西跟我笑着互看了一眼，荷西推推我："你说。"

"嗯——中华料理爱吃吗？"我的日文有限，只能挑会说的用，胆子倒是来得大。

"爱极了，哪里有吃呀？"果然他欢喜地回答着。

"在我爸爸和我的家里。"我指指荷西。

说完马上发觉讲错了，也不改正，站在树下一个人哈哈地笑。

这个人看看荷西，也笑了起来。

"我叫莫里。"他对我们微微弯了一下身子，并不握手，又慢慢在摊子上用手指画出一个"森"字来。

"我们是荷西和三毛，请多指教。"说着我对他鞠了一躬，荷西在一旁看呆了。

第二日早晨，我正在泡虾米和冬菇，女友黛娥抱着孩子兴冲冲地跑来了。

"早上碰见荷西，说有同胞来晚饭，要去大菜场吗？我也跟去。"她好起劲地叫着。

黛娥是西班牙人，因为跟我十分要好，言谈之间总是将中国人叫同胞，每次听她这么说，总使我觉得好笑，心里也就特别偏爱她。

"是日本人，不是同胞。"我笑说。

"啊！算邻居。"黛娥马上接了下去。

在去菜场的途中，黛娥按不住她的好奇心，一定要我先带她去看莫里。

"在那边，我停车，你自己下去看，不买东西还是不要去扰人家才好。"

黛娥抱了孩子跑了上去，讨一会儿又悄悄地跑回车上来。

"这个人我喜欢，没买他的东西，他看见娃娃，送给她一朵小花，好谦和的，跟你不一样呢。"

莫里也是给我那样的第一印象，谦和诚恳，不卑不亢，他那个摊子，挤在一大群嬉皮打扮的年轻人里面，鹤立鸡群似的清爽。

我们照约定的时间去接莫里，却发觉他的摊子上生意正旺，挤满了现定的游客，要莫里当场用银丝绕出他们的名字胸针来。

莫里又要卖又要做手工，忙乱不堪。看见我们去了，马上跟面前围着的人说要收摊。那时，我才发现自己弄巧成拙，请莫里回家吃顿苦饭，却没有想到挡掉了他下半夜的财路。一时心里不知怎的懊悔起来。

在我们温暖的小公寓里，莫里对着一桌子的菜，很欢喜地用日文说了一堆感谢的话，这才拿起筷子来。

他的西班牙文很不好，只能说简单的字，荷西在他筷子旁边放一支笔，叫他跟我笔谈。

"我的父母，是种田的乡下人。故乡在日本春日井市。"莫里慢慢地用日语说给我听。

故乡，竟有个这么诗意的名字。

"我赚钱，旅游，一个国家一个国家慢慢走，出外已有好几年了。"

"喜不喜欢西班牙？"荷西问他。

"喜欢，这里不但人好，更有生活的情调。"

虽然莫里跟荷西不能畅谈，可是我请莫里回家的目的是要他吃菜，他说多说少，对我都是一样的。

当我看见荷西跟莫里两个人把一桌的菜都扫光了，还捧着饭碗拌菜汁津津有味地大食时，心里真是说不出的高兴。

"你平常吃什么？上餐馆吗？"我问莫里。

"馆了太贵了，我买蔬菜水果吃。"

"肉类呢？"我又问。

"今天吃了很多。"他双手放在膝盖上，坐着又向我微微欠身道谢。

"你没有厨房，以后在十字港的时间请常常来这儿吃饭。"荷西友爱地对他说。

莫里微笑着，要说什么又没说，面上突然有些伤感的样子，我看那情形赶快站起来收盘子，一下就把话扯开去了。

饭后荷西将他海里淘出来的破铜烂铁搬出来献宝，两个人又跑到阳台上去看荷西养的海龟。过一会儿莫里又把他整个的摊子从大背包里倾倒出来，挑了一大堆礼物要送我们。这么弄来弄去，已是深夜了。

送莫里回港口去的途中，我对他说："莫里，我们下星期可能要搬家，下次你来大概是在新家了。"

"这么好的房子还要搬吗？"他不解地说。

"现在的公寓只有一大间，做菜的油烟味总是睡着了还不散，新找的地方有两间，厨房是隔开的。"虽然我很婉转地解释着，可是不知怎的觉得自己生活很腐败，羞耻，一下子涌了上来。

在莫里的指点下，我们开进了港口后面一条安静的狭街，三层水泥楼房，门口挂着一块牌子——"床位出租"——这就是莫里在十字港暂时的居处了。

冬天的夜晚仍是冻得人发抖，莫里一进门，我们就跳上车快快回家了。

"三毛，明天把我那件翻领毛衣拿去给莫里，差不多还是新的。"荷西突然说。

"他是穿得单薄，可是——"我沉吟了一下，不同意荷西的做法。

"他没有厨房，拿吃的去总还有个理由，分衣服给他也许会伤了人家自尊心，不好。"我说。

"我是诚心诚意的，他不会误会。"

"再说吧！"我还是不肯。

以后莫里没有再来过家里。

我只要做了肉类的食物，总是用锡纸包好，拿到莫里的摊子上去给他。

多去了几次，莫里不再客气了，见我远远地向他走过去，就会笑着猜："是鸡肉？还是猪肉？"

有的时候，他也会买一包糖果，叫我带回去给荷西，我一样大方地收下叫他心安。

渐渐地，莫里的西班牙文越说越好，四周一起摆摊子的年轻人也熟了。

每当我三两天经过一趟时，莫里总是很欢喜地向我报账，昨天赚好多，今天又赚了好多。买了新衣服，马上背包里抖出叫我看。

"莫里，钱多了存到银行去吧！"我劝他。

"反正摊贩执照还有二十多天就不再发了，存了又要拿出来麻烦，放在背包里一样的。"

"只能再卖二十多天啦？"我有些替他可惜。

"不要怕，这次赚了快合一千三百美金，省省用可以维持很久。"他十二分乐观地踢踢背包里藏着的钱。

我见莫里的生活情形慢慢安稳下来了，不由得替他高兴，又看他交了一些新朋友，生意仍然很好，原本牵挂着他的心便也相对地淡了下来，以后慢慢地就不常去了。

新年来了，这一年的开始对我没有什么特别的感觉。当时因为一时的因缘，我突然拿起久搁的画笔，跌进画石头的狂热里去。

虽然我照样机械地在做家事，也一样伺候荷西，可是我全部的心怀意念都交给了石头。只要简单的家务弄完了，荷西睡觉了，我便如痴如醉地坐在桌前画画，不分白昼，没有黑夜，不眠不休地透支着自己有限的体力，可以说，为了画石头走火入魔，沉迷在另一个世界里不知回头。

有一日，我辛苦画出来爱之如命的一批石头被工人当做垃圾丢掉了，这·场大恸使我石头梦醒，再觉得还有自己的躯体存在时，已是冬去春来，数十天的时光，不知何时已经消逝得无影无踪了。

"莫里呢？"我向荷西叫了起来。

"街上没有摊子了。"

"我忘了去看他，你怎么不去？"我敲着时时要剧痛的头，懊恼得不得了。

"三毛，我只管上工，人际关系一向是你的事情，我怎么知道你没有去看他。"

"我忘了嘛！－画画，连自己是谁都不记得，你怎么不提醒我？"

我是急了，又奇怪莫里怎么也不来找我们，却忘了自己早已搬了一个公寓。

"不要急，明后天去他住的地方看看，说不定已经走了。"荷西说着。

想着莫里，却毕竟没有马上去找他，那时，长时间不分日夜地疯狂画画拖垮了我原本不很健康的身体，我开始不停地淌冷汗，不断地咳嗽，每天发烧，头剧痛，视线模糊，胸口喘不过气，走几步路都觉得天旋地转。

病，缠缠绵绵地绕上了我，除了验血，照 X 光，看医生这些不能避免的劳累之外，我虚弱得离不开卧室一步，心情也跟着十分消沉，神经衰弱得连偶尔的敲门声都会惊得跳起来。

有好几次荷西把我拉起来拖到阳台的躺椅上去靠着，好言好语地劝我："有时候，撑得起来，也要出去走走，这么一天一天地躺下去好好的人也要弄出病来了。"

我哪里能睬他，一起床人像踏着大浪似的晕，那时候就算是天堂放在前面召唤我，大概也没有气力跨进去，更别说出去乱走了。

"振作起来啦！我们下午去找莫里，怎么样？"

黛娥也是三天两头地跑来，想尽办法要拖我出门。我病恹恹地闭着眼睛不理她，一任自己的病体自然发展，不去强求什么。

有一天我发觉黛娥不知什么时候已经换上了无袖的夏装。

"这么久了？"我叹了口气看着黛娥。

"夏天快来啦！你还赖在毯子里面。"她吼着我。

那么久足不出户，再一开窗，窗外已是一片荫浓，蝉声叫得好热闹。

我的体力慢慢地恢复了，慢慢有兴趣做菜了，理家了，渐渐不叫黛娥代我上市场了，有时候还能撑着洗些衣服了。终于，有一天的黄昏，我站在莫里居住的那幢出租床位的房子前了。

"日本人？早就走了，都好几个月了。"房东太太好奇怪地看着我。

我默默地回来，也不怎么失望，日子一样静静地过了下去。

十字港庇护渔人们的卡门圣母节渐渐近了，街头巷尾又张灯结彩起来，那时候，听说摆摊子的执照又开始发放了。

这一批新的年轻人换了市集的地方，他们在广场的大榕树下围成一个方城，一面乘凉一面做买卖。

黄昏的时候我一个人去走了一圈，大半都是陌生的脸孔，只有那个皮革刻花的小摊子坐着我认识的阿根廷女孩丁娜。

"咦！三毛，原来你还在十字港。"她见了我兴奋地叫了起来。

我停住了脚，笑着，没有什么话好讲。

"你去哪里了？上几个月莫里找你快找疯掉了。"

我询问地看着她。

"难道莫里找你你不晓得呀？"她张大了眼睛问着，一面又拍拍身旁的木箱叫我坐下来。

"我也去找过他，他不住在那儿了。"我坐在丁娜的身旁，看着远方的海洋轻轻地说。

"难道这几个月都没有再看到他呀？"丁娜奇怪地盯着我。

我摇摇头。

"那你是不晓得啰！莫里上一阵好惨——

"他呀！几个月前去了一次南部，回来就只剩了身上那件衣服，什么货啊，钱啊，护照啊全部被人偷光了，惨得饭都没得吃——"

丁娜低头开始做手工，我在她旁边心跳得越来越快，好似要炸了出来一般。

"他一回来就去你们家找你，说是搬了，到处打听荷西的公司，又没有人知道在哪里，莫里天天在他以前摆摊子的地方等你等你等你……我们看不过去，有时候分他一点面包吃，他等你等了不知道多少天，你呢，就此没有再出现过。后来摊子散了，大家都走了，莫里更惨，没有工作证，连给人洗碗都没人要，那一阵他怎么熬过来的真没有人知道，睡都睡在小船上——"

我呆看着丁娜灵巧的小手在做皮包，小刀子一刀一刀地割在牛皮上，我的耳朵嗡嗡地响起来，视线开始不规则地一下远一下近，病后的虚弱又缓缓地淹没了我全身——

丁娜还低着头在讲，什么违警啦，坐牢啦，生肝病啦，倒在街上给人送去医院啦——

"好啦，反正最倒楣的几个月莫里也熬过来了，你要看他，晚一点来嘛！他就在那边对面摆摊子。"她笑着指指不远的大榕树。

我站起来，低声谢了丁娜，举着千斤重负的步子要走开去，丁娜又笑着抬起头来，说："我们以前还以为你是莫里的女朋友呢，他给我们看过那些在大雪山上拍的照片。"

"照片是荷西拍的。"我轻轻地说。

"对不起，你不要不高兴，我乱说的。"丁娜很快地又说。

"没有不高兴，莫里的确是我的朋友。"

我慢慢走到图书馆去，呆呆地坐在桌前，等到窗外的灯都亮了，才发觉顺手拿的杂志连一页都没有翻开。

我走出来，下了石阶，广场上，莫里果然远远地在那儿坐着，低着头。

我停住了，羞愧使我再也跨不出脚步，我是一个任性的人，凭着一时的新鲜，认人做朋友，又凭着一时的高兴，将人漫不经心地忘记掉。这个孤零零坐在我眼前的人，曾经这样地信赖我，在生活最困难的时候，将我看成他唯一的拯救，找我，等我，日日在街头苦苦地盼我，而我——当时的我在哪里？

我用什么颜面，什么表情，什么解释才能再度出现在他的面前？我不知道。

他坐牢，生病，流浪街头的时候，又是什么心情？该当是很苦的吧！这种苦对我又是那么陌生，我终其一生都不会了解的。

我盯着莫里看，这时候他一抬头，也看见了我。

街道上川流不息的人群在濛濛的路灯下穿来穿去，莫里和我对看着，中间突然成了一片汪洋大海，几步路，竟是走得那么艰难。

我笔直地走到莫里的摊子面前，停住了。

他缓缓地站了起来，人又瘦又黑，脸上虽在微笑着，可是掩不住受伤的表情。

"莫里，我没有去看你，因为我病了一大场。"

我讷讷地解释着，眼光一下子看住地上，不知再说什么。

莫里仍是微笑着，没有说什么。

这时，我发觉莫里的摊子变小了很多，以前他的摊子架着木板，上面铺着一层深蓝的丝绒，丝绒上放满了灿若星辰的项链。

现在，他用一块破的尼龙布，上面摆了一些化学绒做的廉价小猫小狗，布就铺在水泥地上。

乍一看到他现在潦倒的情景，心情恍如隔世，我的眼睛突然湿了。

"生意怎么样？"

"不太好。"轻轻地安详地回答我。

我们僵立了一会儿，过去那条看不见的线已经断了，要说什么都像是在应酬似的格格不入。

莫里对于过去几个月的遭遇没有提一个字，更没有说他曾经找过我们的事。

"听说前几个月你的情形不太好。"我吃力地说。

"都过去了。"他轻喟了一声,眼睛倦倦地望着远方。

"你生了一场肝病?"我又说。

"是。"

我挣扎了一下,还是很小心地问了他:"要不要钱用?先向我们拿,以后慢慢还。"

他还是耐人寻味地微笑着,轻轻地摇着头。

"这样好吧,荷西快下班了,我先去接他,再跟他一起回来找你,我们三个去吃饭。"

他看看他的摊子,犹豫着。

我转眼看见另一个女友马利亚正远远地在小公园里看孩子荡秋千,急着向莫里点点头,说了一句:"一言为定哦!等下我们再来。"

我很快地跑到马利亚旁边去。

"马利亚,你看见那边那个日本人吗?你去,把他摊子上那些东西全买下来,不要多讲,东西算你的。"

我匆匆忙忙塞了一千块钱给她,跑到莫里看不见的地方去等。

马利亚很快地回来了,婴儿车里堆了一大群小猫小狗。

"总共才六百多块,统统买了,哪!还剩三百多块。"她大叫着跑回来。

"谢啦!"我拿了找钱掉头就往荷西工地跑去。

"什么!莫里还在这里啊?"荷西被我拉了跑,我们跑回莫里的地方,本以为他会等着的,结果他已经不见了。

我沉默着跟荷西回去,夜间两人一起看电视,很普通的影片,我却看得流下泪来。

我欠负了莫里,从他一开始要打折给我的那天开始,我就一直欠着他。当他毫不保留地信赖了我,我却可耻地将他随随便便地忘了。

那流落的一段日子,他恨过我吗?该恨的,该恨我的,而今天,他看我的眼光里,竟然没有恨,只有淡漠和疲倦,这使我更加疼痛起来。

在一个深夜里,荷西和我都休息了,门铃突然轻轻地响了一下。

荷西看看表,已经一点多钟了。

他对我轻轻地说:"我去。"就奔出客厅去应门。

我静听了一会儿,荷西竟然将人让进客厅来了。

偷偷将卧房门拉开一条缝,看见莫里和另一个不认识的西籍青年正要坐下来。

我吓了一大跳,飞快地把睡衣换掉,匆匆忙忙地迎了出去。

"怎么找到的?我忘了把新家地址给你啊!"

我惊喜地喊着。

"你的朋友马利亚给我们的。"

那个还没有介绍的青年一见如故地说。

"谢谢你,一次买去了我一天的货。"莫里很直接地说了出来。

我的脸猛一下涨红了,僵在原地不知说什么才好。

"我去拿饮料。"我转身奔去厨房。

"对不起,我们是收了摊子才来的,太晚了。"我听见莫里对荷西说。

"这是夏米埃,我的朋友。"他又说。

我捧了饮料出来,放在茶几上,莫里欠了身道谢,又说:"我是来告辞的,谢谢你们对我的爱护。"

"要走了?"我有些意外。

"明天下午走,去巴塞隆纳,夏米埃也一起去。"

我呆了一会儿,突然想到他们可能还没有吃饭,赶快问:"吃晚饭好吗?"

莫里和夏米埃互看了一眼,很不好意思地笑,也不肯说。

"我去弄菜,很快的。"我赶快又奔进厨房去。

在心情上,我渴望对莫里有一次补偿,而我所能够做的,也只是把家里能吃的东西全部凑出来,摆出一顿普通的饭菜来而已。

在小小的阳台,橘红色的桌布上,不多时放满了食物。

"太丰富了。"莫里喃喃地说。

这两个人显然是很饿,他们风扫残云地卷着桌上的食物,夏米埃尤其是愉快非凡。

哀愁的人,给他们安慰,饥饿的人,给他们食物,而我所能做的,为什么总只是后者。

"莫里常常说起你们。"夏米埃说。

我惭愧地低下了头。

"你们哪里认识的?"荷西问。

"在牢里。"夏米埃说完笑了起来。

"两个人都在街上卖东西,流动执照没了,被抓了进去。要罚钱,两个人都没有,后来警察把我们关得也没意思了,先放了我,我出去了,想到莫里一个异乡人,孤零零地关着实在可怜,又借了钱去付他的罚款，就这么认识的。"

夏米埃很亲切，生着一副娃娃脸，穿得好脏，就是一副嬉皮的样子。

"很惨了一阵吧？"我问。

"惨？坐牢才不惨哪！后来莫里病了，那时候我们白天批了一些便宜玩具来卖，还是跟店里欠的，赚也赚不足，吃也吃不饱，他呢，不管三七二十一，就倒下来了，倒在街上，我送他去医院，自己又在外面大街小巷地卖货张罗钱给他看病，那时候啊，又怕警察再抓，又担心莫里发神经病，老天爷，怎么熬过来的真是不知道，莫里啊，有好一阵这里不对劲——"

说完夏米埃用手指指太阳穴，对莫里做了一个很友爱的鬼脸。

我听着听着眼睛一下子湿了，抬头去看阳台外面，一轮明月正冉冉地从山岗上升出来。

夜风徐徐地吹着，送来了花香，我们对着琥珀色的葡萄酒，说着已经过去了的哀愁，此时，我的重担慢慢地轻了下来。

如果说，人生同舟过渡都算一份因缘，那么今夜坐在阳台上的我们，又是多少年才等待得来的一聚。

明月几时有，把酒问青天。

我举起杯来，凝望着眼前一张张可亲的笑脸，心里不再自责，不再怅然，有的只是似水的温柔。

临去之前，莫里从口袋里掏出一把一把乒乓球大小的小猫小狗米，夏米埃又抓了一把小黄鸡给我们。

"还可以留着卖嘛！"我说。

"我们有自己的路线和手艺，巴塞隆纳去添了货，再从头来过，这东西不卖了。"莫里说。

"钱够吗?"我又关心地问了一句。

"不多,够了。"

我们执意要送他们回港口去,这一回,他们居然睡在一间打烊的商店里。

荷西与莫里重重地拥抱着,又友爱地拍拍夏米埃。

轮到我了,莫里突然用日语轻轻说:"感谢你!保重了。"

我笑着凝望着他,也说:"珍重,再见!"接着向他微微鞠了一躬,一如初见他的时候一样。

在回家的路上,荷西突然提醒我:"明天约了工地的老守夜人来吃饭,你没忘了吧?"

我没有忘,正在想要给这个没家的老人做些什么西班牙好菜。

人生何处不相逢,相逢何必曾相识——

深蓝色的夜空里,一颗颗寒星正向我眨眼呢!

附录　我进入另一个新天地

我已于五月一日夜间安抵尼日利亚的首都Lagos。来了三天，住在何处，什么街，什么号都不知道，因为公司给荷西租的宿舍是在郊外丛林的旁边，房子是很大很西式，内部一无家具，外面院子里也只有野草。路是有的，都是泥巴路，走路出去要半小时以上才碰得见柏油路。我因没有车子，荷西一清早便去上班，要到下午七八点钟才回来，所以尚未出去过，昨日曾想走路去搭公车进城，看见沙丁鱼似的人挤得一塌糊涂，车外又吊着人，横冲直撞，形如疯狂大赛车，便知难而退了。

现住的一幢平房，租金约合八十万台币一年，这已是十分便宜的了，如在市区内，租金更不知要高出多少，我们对面已在建一幢西式两层楼的洋房，造价约合一千八百万台币，这儿的生活，可能是全世界最贵的，如果不是公司配给宿舍，我们一月所得是不可能在此生活的。

前两个月荷西寄信到西班牙给我，告诉我他有司机，有园丁，有佣人，有厨子，当时我以为他生活得如同帝王，心中颇为不乐，怕因此宠坏了他，现在我自己来了，才知道这一切都是必需的，所谓园丁，不过是个黑大汉拿个铲子在园内东挖挖西挖挖（没有种什么花草）；所谓佣人，不过是拿条脏抹布，抹了桌子，又去抹厕所；厨子做出来的菜还可以看，如果去厨房张望，你便不敢吃了。司机开车如同救火，我自机场来此宿舍，不过短短二十多分钟，竟然惊声尖叫无数次（他要转弯，便从安全岛上横过去，地下有大洞，他就如自杀飞机似的往下冲，再弹出来，有路人挡在车前，他就加速去压死他）。家中脏得不能下脚，我来了之后，总得整顿一番。

才来了三天，我的钱掉了两次。洗的衣服晒在浴室里，尚未干，便失踪了。预备夜间给荷西和同事吃的晚饭，回房打个转，便少了一半。其他饮料、面包、牛油都得上锁，啤酒一箱买回来，第二日便只剩下三四罐，这都是佣人和厨子的杰作，我现在只有拉下脸来，一个一个叫来和气地"审问"，他们都承认，是拿了，是吃了，我为了安抚他们，各给十个奈拉（尼国钱币，约七十台币），说好以后不许"拿"，如要吃，要先问过我。可是我一转身，荷西的内裤又不见了，真是苦恼，总不能把湿衣服也锁起来吧。这个国家的人很奇怪，来了三天，我对他们合情合理，各送礼物，他们却当我是傻瓜，并不感激，目前我自己洗衣，煮饭，人还是留着，免得他们失业了要苦恼，只是做事全自己来了。

家附近就是丛林，昨日一度一个人走走，想不到都是泥沼，人要陷下去的，只有本地黑人知道怎么走才不会掉下去。竹子很多，亦曾去找笋炒菜，笋没有挖到，反被蚊子叮得一塌糊涂。蚁窝大如十岁的孩子高，不可接近，热带丛林生活实在不及沙漠有趣，植物乱长，野草丛生，亦不及沙漠有诗意，不过我还是喜欢到这赤道上的新国家来住住，亦是新的生活经验。

此地人大半不穿鞋子（城里当然不同，我是在乡下住），女人只有一个胸罩，外面围一块布，大半是很胖很粗壮的，守夜人（我们每夜睡觉都有人守夜，因治安太坏）每夜和他的妹妹来睡在房外院子里，昨日他妹妹为了见我，居然用了一个西洋人似的白胸罩，缠了一块红色夹金线的布，衬着黑亮的皮肤，有一种原始的美，可见世上到处都有不同的风景，值得欣赏。

我们在此，物质生活上是无可抱怨，冷气每一间都有，食物每星期买一次，这都是公司付的，如要自己付，是不可能的。在这儿，每人都服抗疟疾的药，荷西来两个月已患一次，我尚未得，希望以后也不要得才好。

现在这个宿舍是五个人住，客厅公用，每人有自己的房间，白天他们上班，我便预备饭菜，夜间回来一同吃，谈谈话，便睡觉。明日再有一个德国同事的太太由德国来此一同住，我尚不知是否能合得来，大家都希望分开来住，因为家庭生活与宿舍生活是不相同的，加上荷西与我的个性，都极珍爱个人独处的时光，这样大杂院似的住着实在不是长久之计。昨日我亦去对面新造房子问租钱，房东要一百二十万台币租一年，并且少于五年合约，他便不出租，这样的价钱，公司是不会答应的，这儿的一切都是进口（他们出口石油），一条船，在港外，要等半年以上，方能卸货，所以东西自然是贵得没有道理。

荷西先来两月，已能说简单的英文，工作上的事情他都能应付、接头，在我，亦是十分欢喜，过去他是学不会英文的，来了此地，逼着讲，居然奇迹出现，我自己又可复习英文，亦是有进步，此地过去是英属，所以仍用英文。

此地一个工人所赚，约合六千到一万台币一月（不必做什么太重的事），只是生活那么贵，他们一月所得，能吃的也只是面包蘸水，因此也难怪他们什么都要拿，我是心软，做了菜，总是先分给工人们吃，守夜的、佣人、厨子、守夜人的妹妹、园丁……这样一分，自己便不够吃，这个习惯不可再继续下去。住在此地，心灵上要受很大的折磨，正如在印度旅行时一样，你吃饭，窗外几百双饥饿的眼睛望着你一口一口吞下食物，这个吃的人，如何不内疚得生胃病？起码我也吃不下去了！

此地人称呼白人男的叫"先生"，称我"夫人"，第一日十分不惯，叫他们改称名字，可是荷西说，这万万不可，自失身分，他们便会得寸进尺，所以夫人是做定了。不过我对工人是十分合理的，才来三日，巫医生意又开张了，工人手指出脓，我用碘酒替他擦擦，马上好了，他马上带了许多朋友来涂碘酒。

昨日与工人谈话（做家事的亦是个男孩，十八岁），他说希望将来跟去西班牙，我说，你表现好，不拿东西，要吃的，先问主人，那么将来一定设法，说完了，我便去房内，一出来，早晨才买的面包，整袋失踪，叫来问，他坦承是他吃掉了，我忍耐地再说，不可"拿"（我们太文明了，"偷"字不敢用），他点头说好，下午再去厨房，我切好的肉片又不见了，真是一天到晚耍捉迷藏，亦是辛苦得很，这个游戏，我是输定了。

这封信不知何时才能寄到您的手里，请替我在副刊上发表这信，也好给读者知道，我不是不写，实在是因为距离太远，邮政又坏（不能叫工人去寄信，他们把邮票撕下来卖，把信丢掉）。

沙漠最后一篇也在动笔了，只是刚刚来，心神不定，蚊子咬得很难受，又怕得疟疾，所以还不能顺利地写。明日再来一个家庭同住，又是吵杂些，写作环境更不好，只是我来了，荷西在情绪上会愉快许多，这一切都是为了他。

三毛 五月四日

P.S. 来信请寄西国地址，我们七月份会回去一趟（每三月离开一次），信寄那边信箱我反而收得快，此地离加纳利群岛约四千公里的距离，您还记得"比亚法拉"的战争吗？便是在尼日利亚发生的，现在已不打了。明日有车，我便可进城去玩玩，自己是不能开车，交通太乱了，台北的交通比起此地来，简直是小巫见大巫。

图书在版编目（CIP）数据

温柔的夜 ／ 三毛著. -- 海口：南海出版公司，2022.9
ISBN 978-7-5735-0193-6

Ⅰ.①温… Ⅱ.①三… Ⅲ.①散文集－中国－当代 Ⅳ.① I267

中国版本图书馆 CIP 数据核字（2022）第 071349 号

著作权合同登记号　图字：30-2021-098
本书由皇冠文化集团授权，仅限于中国大陆地区销售，不得售至台、港、澳地区，及东南亚、美、加等任何海外地区。

温柔的夜
三毛 著

出　　版	南海出版公司　（0898）66568511
	海口市海秀中路51号星华大厦五楼　邮编 570206
发　　行	新经典发行有限公司
	电话(010)68423599　邮箱 editor@readinglife.com
经　　销	新华书店
责任编辑	黄宁群
特邀编辑	杨　奕　陈梓莹
营销编辑	李清君　李　畅
装帧设计	韩　笑
内文制作	张　典
印　　刷	河北鹏润印刷有限公司
开　　本	880毫米×1168毫米　1/32
印　　张	7.5
字　　数	168千
版　　次	2022年9月第1版
印　　次	2024年4月第5次印刷
书　　号	ISBN 978-7-5735-0193-6
定　　价	49.00元

版权所有，侵权必究
如有印装质量问题，请发邮件至zhiliang@readinglife.com